COBALT-SERIES

無口な夢追い人《ドリーマー》

あさぎり夕

集英社

無口な夢追い人《ドリーマー》

目次

イラスト／あさぎり夕

登場人物紹介

有栖川譲《ありすがわゆずる》

舞台監督の父、元女優の母を持つ、演劇一家の三男。ストイックに演劇のみを追求するあまり、常人とはかけ離れた行動をとる。腹違いの兄、凜をほのかに慕っていた。

若宮多紀《わかみやたき》

父のディスカウントショップを経営する青年実業家、兼、隠れホモ。実際に男とつき合ったことはなく少々屈折気味だったが、譲に一目ぼれしてしまって…。

有栖川玲《ありすがわれい》

譲の妹。天性の演技の才能を持つが、譲とは正反対のタイプ。徹底した女尊男卑主義者。

無口な夢追い人《ドリーマー》

一　動かぬ男

そこは、3カ月後には解体される予定の、古びたビルの地下倉庫。

コンクリートの壁に描かれた、ひび割れとシミの不気味な模様が、30年の歳月を物語っているようだ。

今はすっかり撤去《てっきょ》されたものの、4日前までここをいっぱいに埋《う》め尽《つ》くしていた荷物に入っていた防虫剤の残《のこ》り香《が》が、ツンと鼻をつく。

本来の役割を終え、ただのだだっ広い空間となったその場所で、10人ほどの若者が、奇妙《きみょう》なパフォーマンスを見せている。

逆立《さかだ》ちしたまま歩いている者。

太極拳《たいきょくけん》のような動きをする者。

小型のトランポリンの上で、宙返りをする者。

それぞれハデな立ち回りを演じている連中に囲まれて、身じろぎもせず座り込んでいる男が一人。

ザンバラに伸ばした髪を後ろで束《たば》ねているものの、とめきれない前髪が、額《ひたい》を覆《おお》うように降り落ちている。

その間から覗《のぞ》く鋭角的な眉《まゆ》の下、瞳《ひとみ》は閉ざされていて見ることはできないが、高い鼻梁《びりょう》といい、引き締まった口元といい、なかなか端正《たんせい》な顔立ちだ。

両手をあぐらの上で組んだ、瞑想《めいそう》でもしているような姿勢は、未練も迷いもない、無我の境地を表しているように見える。

そう、たとえば、炎上する城の中、主君に殉《じゅん》じ死出《しで》の旅を決意した武士の潔《いさぎよ》さにも、通じるような。

まあ、そんな場面を見たことがあるかと訊《き》かれれば、NOなのだが。

切れかかった蛍光灯が一つ、時折チカチカと不快な瞬《また》きを繰り返す中。

若宮多紀《わかみやたき》は目を眇《すが》めながら、ビクとも動かぬ男を見つめていた。

「目を惹《ひ》くだろ」

壁にだらしなくもたれかかりながら、咥《くわ》えタバコの男が、意味ありげに問いかけてくる。

「…え…？」

「あのど真ん中で座ってるヤツさ。さっきから見てるだろう？」

「べつに…。あんまり動かないからマネキンかと思ったんだ」

などと言い訳してみるが、実は、ここに入ってきた時から若宮の視線はその男に釘付《くぎづ》けになっていた。

「あれがあいつの特技さ。何時間でもジッとしてられる。あれだけ動かないのに存在感があるってのが、あいつの不思議なところなんだ」

「あれ、演技なわけか？　瞑想とかしてるんじゃなくて」

「演技だ。家でも1日中、あれをやってる」

「ちょっと待て。家で…ってことは、もしかして…？」

「ああ、ウチの三男坊さ。知らなかったか？　譲《ゆずる》っていうんだ」

「俺が、お前んちの家族構成なんか、知るわけないだろう」

「そりゃそうだー」

ククッと口角《こうかく》を上げて、どこか人を小馬鹿《こばか》にしたように笑う男の名は、有栖川《ありすがわ》拓《たく》。

25歳の、ルックスだけが売りの俳優だ。

(なるほど、こいつの弟か…。どうりで、他の連中とはオーラが違うはずだ)

内心、若宮は思う。

隣に立つタカビー野郎をいい気にさせるだけだから、口には出さないが、確かに有栖川の人間は、妙《みょう》に人の心をざわめかせる妖《あや》しげな雰囲気《ふんいき》を持っている。

あまり思い出したくはないが、高校時代の知り合いの中で、有栖川拓はもっともエキセントリックな男として、若宮の記憶に残っていた。

父親は、鬼才《きさい》と呼ばれる演出家、有栖川良桂《りょうけい》。

母親の小夜子《さよこ》は、往年の大女優。

演劇界のサラブレッドと呼ばれた二世俳優の拓は、だが、親の七光りで仕事にありついているだけだと、当時から囁《ささや》かれていた。

華やかで、遊び好きで、素行は最悪。

恐喝《きょうかつ》、強姦《ごうかん》、ドラッグと、教師が頭を抱えるようなワルの三大要素を学生時代から実践《じっせん》していた男だったが、芸能界という魑魅魍魎《ちみもうりょう》の闊歩《かっぽ》する世界ではチンケな部類にしか入らないらしく、未《いま》だにお縄《なわ》になるでもなく生き延びている。

もしくは、それこそが、大演出家、有栖川良桂のご威光《いこう》の証明なのかもしれないが。

そんな拓と同じクラスになったのは、高校2年の時。

とはいえ、拓はハデな遊び人グループのリーダー。

若宮は生真面目《きまじめ》な優等生派で、接点らしきものはほとんどなかった。

朝夕の挨拶《あいさつ》を交わすだけの……、それさえ、いつも取り巻きに囲まれている拓は気づかなかったようだが。

まあ、強《し》いて接点をあげるなら、拓と多紀で名前の響《ひび》きが微妙《びみょう》に似ているために、時々拓を呼ぶ声に振り返ってしまうという、その程度の関係だった。

高校を卒業してからは逢《あ》うこともなく、時たまブラウン管の中に姿を見るだけ。

一度、同窓会があったが出席はしなかったから、直接話したのは7〜8年ぶりということになる。

きっかけは、1週間前のこと。

まったく疎遠《そえん》だった拓から、突然電話がかかってきたのだ。

『おー、俺、有栖川だ。突然だが、お前んちの親父《おやじ》、若手芸術家のスポンサーとかやってんだって？　ちょっと掘り出し物があるんだが、投資してみる気はねーか？』

前置きもなしに、そう切り出された時には、

（人間の性分《しょうぶん》っては、ちょっとやそっとじゃ変わらないもんなんだなー）

と、奇妙な感慨《かんがい》に浸《ひた》ってしまった。

若宮の父親、若宮大二郎《だいじろう》は、ディスカウントショップと消費者金融という、いかにも金儲《もう》け第一の会社を経営しているのだが。

その反面、なんの気まぐれか、売れない画家や音楽家に援助していることを、どこからか嗅《か》ぎつけてきたらしい。

餌《えさ》に群がるハイエナのような、その根性には感服《かんぷく》するしかない。

拓の頼みは、ビルの地下倉庫か何かを、稽古場《けいこば》として提供してくれないかとのことだった。

べつに、拓に恩を売ろうなんて気はないし、それに感謝する男でもないことはわかっているが、演劇という未知の分野がなんとなく気になって、父親に話を通してみたところ。

ちょうど、改築が計画されている老朽化《ろうきゅうか》したビルの倉庫から、荷物を運び出したばかりだとかで、二つ返事でＯＫが返ってきた。

――で。

今日が、その最初の稽古日ってことで。

メンバーを紹介したいからと拓に呼び出されてやってきた、薄汚れたビルの地下倉庫で、こうして奇妙な稽古を見せられているわけだ。

メンバーは、ちゃんと数えてみると、全部で11人。

「劇団ってのは、こんな少数でやるもんなのか？」

なんとなくの疑問を、拓に投げかける。

「連中は劇団ってわけじゃねえ。それぞれ別の劇団に属してるんだが、やっぱ、色々縛《しば》りはあって、好き勝手やるわけにはいかねーってんで。時々、有志が集まって、ホントにやりたい芝《しば》居《い》を作るんだ。今回の演目は、『神々はかく語りき』だったかな？　採算《さいさん》抜き、客にも媚《こ》びない、批評家の目も気にしないってな」

「ようするに、道楽ってことか？」

「だな。連中は、このグループを『暇《ひま》つぶし』って言ってる」

「ふざけてやがる～☆」

と、思わず若宮は唸《うな》る。

『時は金なり』を実践している若宮の人間に、『暇つぶし』のために協力しろってのか？

「まあまあ。人間余裕も必要だぜ。マジ、稽古場を探すのは、けっこうたいへんなんだ。演劇ってゆーと、うるさいとか、得体《えたい》が知れないって印象《いんしょう》があるらしくてな」

「確かに、得体は知れないな」

頷《うなず》いて、若宮は、まるでサーカスのような珍妙《ちんみょう》な練習風景を見やる。

「なんか、体操をしてるようにしか見えないんだが」

「だろうな。準備体操をしてるんだ。演技の基本は身体《からだ》だって、わかんねーの？」

「悪かったな」

人の悪い拓らしく、いちいち癇《かん》に障《さわ》る物言いをしてくるが、見る目がないのは自覚してるから、文句のつけようもない。

「ウチは揃《そろ》って芸術オンチだ。たとえ後世に残る文化遺産をぶっ壊そうと、目先の利益を追求しろってのが、我が家の家訓でね」

「そのくせ、ビンボー芸術家のスポンサーなんかやっちゃってるのは、やっぱ世間体《せけんてい》ってやつかい？」

「まあ、そんなところだ。金の亡者《もうじゃ》って思われるより、そこそこ文化に貢献《こうけん》してるんだって顔をしておいた方が、仕事もやりやすくなる」

「高利貸しも色々大変だな」

「消費者金融と言って欲しいな。それに、俺が関《かか》わっているのは、ディスカウントショップの方だ」

「ディスカウントショップったって、ようは質屋だろう？」

「…………」

ホントに、とことんイヤなヤツだ～。

確かに、いくら言葉をつくろってみても、若宮家の稼業《かぎょう》は金貸しと質屋なのだが。

「で、似合わない丸眼鏡《めがね》と、無理矢理に撫《な》で上げた髪は、童顔をカバーして、質屋のオヤジらしくするためか？」

と、さらに、さらに、気にしていることを言ってくる。

確かに、顔のことはちょっとは気にしている。

童顔というより、女顔なのだ。

色白の美形だと自負してはいるが、ビジネスの上ではマイナスになりかねない。

優男《やさおとこ》に見える分、仕入れのさいなど、どうしても嘗《な》められる。

だから、前髪を上げて、ダテでしかない丸眼鏡をかけて、ちょっとでも大人っぽく見せようとしているのだが。

前髪を下ろすと、とたんに学生時代の顔に戻ってしまうことも、自覚している。

とはいえ、ここまでバカにされると、少々ムキにもなる。

「ケチな質屋だから、金は出さんぞ。稽古場を貸すだけだ」

と、キッパリ告げるが、拓は気にするふうもなく、コンクリートの床にタバコを吐き捨てると、靴の裏で踏み消した。

「ああ、そのへんのところは、玲《れい》と話し合ってくれ」

「玲…？」

「ウチの末っ子さ。今回の公演の責任者だ」

「へえ…？」

「ほら、あそこ。パソコンを叩《たた》いてるヤツだ」

拓が指さした先に、これまた、すこぶるつきの美少年がいた。

稽古場の隅《すみ》に座り込み、床に置いたノートパソコンに向かって、なにやら熱心に打ち込んでいる。

「脚本演出はもちろん、劇場やスタッフの手配から、経理面まで、全部あいつが仕切ることになってる」

「末っ子が責任者ねぇ。てことは、かなり頭が切れるんだな。いくつだ？」

「18。大学生になったところだ」

「ふうん～」

頷いて、横に立つ男にチラと視線を送る。

「なるほど、有栖川家ってのは顔だけはいいんだな」

「なんか棘《とげ》があるぞ〜、その言い方」

「どなたかさんは、ルックスだけの仕事が多くないかー？」

「ざけんなよ〜。俺は長男の義務として、稼《かせ》がなきゃならねーから、露出《ろしゅつ》の多いテレビの仕事をしてるんだ。舞台ってのは金食い虫なんだよ。ちっとも儲《もう》かりゃしねー」

「長男の義務ねえ〜」

と、若宮は肩をすくめる。

足の先から頭の天辺《てっぺん》までブランド品で包み、さらにネックレスにブレスレットに指輪と貴金属で飾り立てている姿を見ると、金食い虫は拓自身のように思えるが。

「玲と譲は舞台専門だから、批評家受けもいいだけさ。『動の玲、静の譲』とか呼ばれていい気になってやがる」

「18で舞台公演を仕切れるなら、それだけでたいしたもんだと思うけどね」

「ああ、確かに、玲のヤツは自分で脚本も書くし、マルチな才能があるが。譲の方は、いまいちどこがすげーのか、よくわからねえ。見ての通りあの演技だからな」

拓の言葉につられて、若宮も、不動沈黙の演技を続けている譲に視線を戻す。

「そうだな、動かないとは言っても、表情まで保ってるわけじゃないし、座ってるだけなら誰にでもできそうだよな」

「そりゃあ、あれは神様とかの役らしいから。でも、彫刻となると、マジで瞬《まばた》きもしないぞ」

「へえ〜？」

「たとえば、お前、『自由の女神』のポーズをして、片手を上げたまま、何時間くらい立ってられるよ」

「そうだな…。やったことはないが、1時間くらいかな？」

「へへっ、甘い、甘い〜。インドには、何十年も腕を上げっぱなしって苦行をしてる僧侶《そうりょ》とかいるらしいけど。まあ、普通の人間なら10分がいいところだ」

「彼…、譲君だっけ、どれくらい続けられる？」

「半日はいけるな」

「半日ね…」

　う〜んと、若宮は一つ唸《うな》る。

「すごいような気もするけど。珍芸《ちんげい》って感じだな」

「でも、玄人《くろうと》受けはするんだな、あれがー。批評家連中には絶賛《ぜっさん》されてるぜ」

「評価はされてるのか」

「そのへんのエセ絵描きに出資するよりは、体裁《ていさい》がいいぜ。7月頭から2週間の公演だが、その間、演劇雑誌に取り上げられたり、もしかしたら芸能番組にも紹介されるかもしれない」

　拓の一応の保証に、若宮も頷いてみせるが。

「同じ偽善《ぎぜん》なら、結果が形になって見えた方がいいだろう？」

つねに、よけいな一言を忘れない態度には、少々カチンとする。

が、事実、そうなのだ。

芸術家を援助するといっても、その真価を見極《みきわ》める目はない。

演劇を芸術と呼んでいいのかさえ、よくわからなかったりするのだから。

(でも、あの男は、確かに目を惹《ひ》くな)

周《まわ》りでハデに動いている連中より、ただジッと座っているだけの譲の方が、よほど存在感がある。

それが演技のせいなのか、精悍《せいかん》で整ったルックスのせいなのかは、わからないが。

いつもは無駄《むだ》としか思えないエセ芸術家達に注ぎ込んでいる出費を、でも、今回だけは惜《お》しいと思わなくてもすみそうな予感がした。

「とにかく、玲を紹介するから、詳《くわ》しいことはあいつに聞いてくれ。俺は、これからデートなんだ」

相変わらず遊び回っているらしい拓が、横柄《おうへい》な声で玲を呼ぶ。

しばしの間《ま》があって、玲は顔を上げたものの、ヒラヒラと手を振る拓を見つけたとたん、再びパソコンの画面に視線を戻してしまった。

「おいっ〜！　わざわざスポンサーを連れてきてやったのに、その態度はなんだー！」

いきなり響《ひび》いた怒鳴り声に、メンバー達は動きを止め、拓の方を振り返った。

玲も、うんざりした様子で、渋々《しぶしぶ》顔を上げる。

「てめーがスポンサーに心当たりはねーかってゆーから、捜してやったんだろう。この恩知らずが！　あとはお前が説明しろ。それで協力してもらえなくても、もう俺は知らねーぞ」

声高《こわだか》に言い捨て、足音も荒々しく出ていくと、最後に重い鉄の扉を思いっきり蹴《け》りつけるように閉めていった。

ガンッ――――!!

と、不快な金属音が、コンクリートの壁に反響し、メンバー全員が耳を塞《ふさ》ぎ、肩をすくめるその中で、微動《びどう》だにしなかった男が、一人。

譲だった。

人間、突然の大きな物音を聞けば、意志とは関係なしに身体《からだ》が反応してしまうものだ。

だが、譲は、拓の怒鳴り声にも、ドアが叩きつけられた音にも、まったく無反応だった。

閉じられた瞼《まぶた》は、ピクとも動かなかった。

髪の毛一筋《ひとすじ》も揺らがなかった。

（なるほど、これはちょっとすごいかも……）

『静の譲』と呼ばれている意味が、ちょっとだけわかった気がする。

なんて、ポーッと見とれていると、

「若宮さんですね」

と、自分の名を呼ぶ声がした。

いつの間にか、玲がそばに立っていたのだ。

「…あ…？　ああ……」

「有栖川玲です。このたびは稽古場をご提供いただいて、感謝しております」

濡《ぬ》れた唇《くちびる》から発せられる声は、甘やかなテノール。

肩を覆《おお》う、艶《つや》やかな黒髪。

長い睫毛《まつげ》に縁取《ふちど》られた、アーモンドアイ。

遠目にも整った顔だとは思っていたが、間近《まぢか》で見ると、目を見張るような美少年だ。

面立《おもだ》ちも、拓よりはずっと譲に似ている。

見比べてみると、精悍《せいかん》さでは譲が、妖艶《ようえん》さでは玲の方が勝《まさ》っている。

なのに、何故《なぜ》か心が躍《おど》らない。

「ディスカウントショップに金融業と、幅広くご活躍なさっている、若宮大二郎会長の息子さんですね」

丁寧《ていねい》な言葉と優雅《ゆうが》な物言いには、確かな知性が溢《あふ》れているのに、それでもあの大根役者の拓ほどの魅力も感じないのは、何故だろう？

疑問に思いながらも、名刺を取り出し、営業用の笑顔で渡す。

「一番下の息子だ。君と同じだね。若宮多紀です」

「違うでしょう？」

ふと、玲が謎めいた微笑《ほほえ》みを浮かべる。

「……って、君も末っ子だと聞いたけど？」

「ええ。でも、私は息子じゃありませんから」

「え…？」

「有栖川家の一番下の妹です」

「……いもっ……!?」

「妹」

と、繰り返した玲を、たっぷり30秒ほどもマジマジと見つめた後、若宮は、驚き半分、納得半分の声を吐き出した。

「女…かぁ……!?」

「ええ。女です、これでもね」

頷《うなず》いて、玲は、『宝塚《たからづか》』の男装の麗人《れいじん》ばりの美貌《びぼう》を見せつけるように、クルリと回ってポーズをとってみせる。

あまたの男や女を虜《とりこ》にしてきたことだろう、その性別を超えた魔性《ましょう》の美も、だが、若宮には通じなかった。

（そうか、女か〜。だったら、魅力を感じなかったのも当然だな）

と、思いっきり心で頷いていた。

どれほど男と見まごう姿をしていても、ちゃんと嗅《か》ぎ分けていたってことだ。

それが女であるかぎり、たとえ男装の麗人であろうと、ミスユニバースであろうと……。

いや、ミスコン系は顔が美しいだけでなく、身体《からだ》も妙にくねった曲線を描いていて、特にあのブヨブヨした胸も不気味なほどに大きかったりするから、もう絶対に魅力なんて感じるはずがない。

ダメなのだ。

あの脂肪《しぼう》だらけの気色悪い感触が。

そして、何よりのっぺりとした股間《こかん》が。

精子の寝床である陰嚢《いんのう》も、情熱の息吹《いぶき》をほとばしらせる陰茎《いんけい》もない。

人間の身体の部分で、もっとも美しく逞《たくま》しい愛と情熱の象徴《しょうちょう》である、あの二つの器官を持たない生物など、どれほど美人だろうが見る価値もない。

と、声高《こわだか》に主張なんかしたら、

『ナニが、ナニが、美しく逞しいだってぇぇぇ――――!?』

と、大反論の雨霰《あめあられ》が返ってくるだろうから、黙っているけど。

内心の煩悩《ぼんのう》は、営業用の笑顔に隠しているけど。

ホントは女なんて生き物は、まとめてどっかの島にでも隔離《かくり》してしまって、男だけのパラダイスを築けたらどんなにいいだろうと、決して叶《かな》わぬ妄想《もうそう》にうっとりと浸っていたりする。

大きな声では決して言えない。

堂々と胸も張れない。

姑息《こそく》に生きている。

正真正銘《しょうしんしょうめい》の隠れホモなのだ、若宮多紀は！

（……って、何を威張《いば》ってるんだ〜）

時々こうやって自分で突っ込んでしまうけど、せめて心でくらい主張してなきゃ、あんまり惨《みじ》めだから。

もちろん、何故《なにゆえ》に隠れているかは、説明するまでもないだろう。

いくら時代がユニセックスを求めているといっても、ホモだと胸張って歩ける男など、そうそういるはずもない。

友人も、先輩も、教師さえも、恋愛の対象になってしまうから、相談もできない。

むろん、身内にカミングアウトなど、論外だった。

なにしろ金の亡者《もうじゃ》と自認する超リアリスト揃《ぞろ》いだから、常識外れの上に、一銭の得にもならない恥《はじ》さらしなだけの性癖《せいへき》を、認めてくれるわけがない。

誰にも言えない。

誰にも望めない。

片想いの相手に、あらぬ妄想を巡《めぐ》らせる以外、現実的な行動は何もおこせない。

そんな、哀《かな》しい隠れホモなのだ。

だから、体面のためだけのエセ慈善事業とはわかっていても、貧しい芸術家捜しという、父親から与えられたこの役割を、若宮はコッソリ楽しんでいた。

芸術家には同性愛者が多いと聞いていたから、もしかしたら出逢《であ》いのチャンスがあるのではと、淡《あわ》い期待を抱いていたのだ。

残念ながら、未《いま》だ御同類にはお目にかかれていないが……。

ろくに口を利《き》いたこともない拓からの連絡に応《こた》えて、わざわざここまで足を運んでしまったのも、高校時代からバイセクシャルの悪食《あくじき》で有名だった拓の知り合いなら、もしやという思いがあったからだ。

だが、マジで今回は、希望があるかもしれないと、若宮は心を浮き立たせていた。

目の前に立つ有栖川玲は、男と見まごうほどの男装の麗人。

同性愛にも理解がありそう……、てゆーか、もろレズビアンって雰囲気だから。

「あの…、こんなことを聞いちゃあ、失礼かもしれないけど。玲さんだっけ、もしかして、君って…、そのぉ～」

どうやって切り出したものかと、ゴニョゴニョと言葉を濁《にご》していると、

「レズなのか…ですか？」

と、キッパリ訊《き》き返されてしまった。

「おおっ——!?」

思わず仰《の》け反《ぞ》り、目を見張る。

性別は違えど、もしやお初のご同類出現か？

との期待は、玲の次の言葉で、脆《もろ》くも打ち消されてしまった。

「残念ながら違います。男っぽいカッコウをしてるのは、肩幅が広すぎて、女っぽい服が似合わないからです」

「あっ、…そ…」

なるほど、現実的な答えだわ。

と、見るからにガックリと肩を落とす若宮に、玲は妙なことを言ってきた。

「でも、女の子は好きですよ。てゆーか、男が嫌いなんですが」

「男嫌い…？」

「ええ。徹底した女尊男卑《じょそんだんぴ》なんです」

「女尊男卑……って？　男より女を尊《とうと》ぶってことか。なのに、レズじゃない？」

「ええ。つまりですね、男の存在そのものが許《ゆる》せないとゆーか」

「はあ……？」

「男は、女と比《くら》べて生物学的に遥《はる》かに劣《おと》った生き物です。戦争も、公害も、飢餓《きが》も、すべて男が権力を持ったゆえの弊害《へいがい》でしょう。女は本能的に子供を守る行動をとるから、女が上に立った方が争いも減る、ってのが私の持論でしてー」

「…………」

若宮、ちょっと返答に困る。

「……なかなか……極端な考えだね」

「進歩的と言っていただきたい。実際、男なんてのは、子孫繁栄《はんえい》のため以外には何の役にも立ちゃしないんだから、精子だけ搾《しぼ》り取って、残りカスの肉体は宇宙空間にでも廃棄《はいき》すりゃあいいんです。そしたら地球は、女だけの優しい美しい星になりますよ」

「…………………………」

若宮、ながぁぁぁ———い、沈黙。

時々、この世を男だけのパラダイスにするために、世界中の女をどこかに閉じ込めてしまえばいい、と鬼畜《きちく》なことを考える自分を、なんて卑小《ひしょう》な人間だと恥《は》じていたが。

(ちっとも、そんな必要はないじゃないか〜！)

と、声を上げて叫びたかった。

男はすべて精子だけ搾り取って、宇宙空間に廃棄しろだってー？

こんな、こんな、史上最大の大虐殺《だいぎゃくさつ》を考える女がいるなんてー！

俺だって男なんだぞ〜！

その上、子孫繁栄の役にも立たない隠れホモときてる。

もうー、生きてる価値がないって言われたのも、同じじゃないか〜っ！

——が、しかし。

それだって、一応この稽古場を貸したスポンサーなのだ。

なんなら公演に必要な資金も、ちょっとは出してやろうかとも思ってたけど。

(こんな失礼な女に、だぁーれが協力してやるかっ！)

さっき、拓が、怒鳴って出ていった気持ちがわかるような気がした。

この女は、自分の兄さえも、カスあつかいしてるに決まってる。

「なかなか正直とゆーか、飾らないとゆーか、ハッキリものを言うお嬢さんだね。でも、その態度では、少々スポンサーは見つけづらいだろう？」

「ああ、それは大丈夫です。相手、選んでますから」

「…………………」

それはナニかー？

俺は、失礼な態度で接してもいい相手って判断されたわけかー？

学生時代から、クールで通ってきた、この俺を。

冷酷《れいこく》に貸金の取り立てにだって行く、この俺を。

そこまで軽《かろ》んじたからには、覚悟《かくご》はあるんだろうな、男勝《まさ》りのお嬢ちゃん。

「まあ～、お兄さんとは、元クラスメイトのよしみがあるし、一度は約束したんだから、稽古場だけは貸してやるが、それ以外の支援は期待しないでくれ。ウチの親父は、金儲けは好きだが、無意味な出費は大っ嫌いなんだ。じゃあ、俺は仕事があるから……」

若宮は、めいっぱい傲岸《ごうがん》に言い捨て、きびすを返す。

「あ…、ちょっとお待ちを。一つお願いがあるんですがー」

今さら殊勝《しゅしょう》な声音《こわね》で呼び止められても、知ったこっちゃない。

「支援はしないと言っただろう」

キッパリと言い捨てて、さっさと入り口に向かおうとしたのだが、

「譲のことなんですが……」

と、背後から追いかけてきた玲の声に、一瞬、足が止まってしまった。

「譲…って…、彼か…？」

振り返るなり、さっきから延々《えんえん》瞑想のポーズをとり続けている譲に、視線を走らせる。

玲が、何やらたっぷり含みのある笑顔で、近づいてくる。

「あの譲です」

「彼が…何か……？」

ドクンと、胸の奥で何かが疼《うず》く。

「家から通うには、けっこうかかるもんで、譲がここに泊まり込むって言ってるんです」

「ここに？　だって、床はコンクリートだぞ」

「寝袋でも持ち込むでしょう。稽古場に泊まり込むのは、しょっちゅうですから」

「いや…、ちょっとそれは困る。このビルには、上の階と地下室を区切るシャッターがない。まだ撤去してない事務所もあるし、備品とか何かが紛失《ふんしつ》したりしたら、確実に譲君が疑われることになる」

「なるほど」

玲は、わざとらしく困ったような声を出す。

「じゃあ、どうするか〜。あいつのことじゃ、家から毎日ここまで通うなんてこともしないだろうし…。ほっとくと、そのへんの公園とかで寝泊まりしかねない」

「マジか…？」

「マジです。譲はただでさえ放浪癖《へき》のあるヤツで、寝袋一つ持って、野宿《のじゅく》をしたりしてますから」

「……ワイルドだね…☆」

そうやって玲と話している間も、視線は譲から離れない。

あの男なら、それくらいやりかねない気がする。

もう6月になるのだから、野宿もそれほど辛《つら》くはないだろう。

だが――…。

「でも、このあたりは、夜中はけっこうヤバイぞ。以前にもオヤジ狩《が》りとかがあったし」

「どこぞのガキどもに襲《おそ》われて身ぐるみ剝《は》がされようと、それはそれで一つの経験だから、かまわないと思うけど。譲の場合、まず、そんなことにはなりませんよ」

「つまり、腕に覚えありってことか？」

「舞台俳優を嘗《な》めちゃいけません。私でさえ大の男を投げ飛ばせるんですよ。唯一《ゆいいつ》、男が天性のものとして女より優《すぐ》れている部分は筋肉なのに、私以上に鍛《きた》えてる譲が弱いはずがないでしょう」

「なるほどね。でも、こっちとしても、近場で野宿などされては体裁《ていさい》が悪い」

何を言おうとしてるんだろう、俺は。

と、若宮は、自分の心に問いかける。

無理矢理どこかへ、話をねじ曲げようとしている。

「近くのホテルにでも、泊まったらどうだ？」

「そんな予算があったら、こんなお願いしませんよ」

「誰か、近場に知り合いはいないのか？」

「いませんね」

玲が首を振ったとたん、そう言われるのを待っていたのだと気がついた。

自分の目的が何なのか？

何を望んでいたのか？

それがハッキリと見えてしまった。

（ここで緊張しちゃいけない……！）

スウッと、心を落ち着けるために、若宮は深呼吸をする。

さりげなく、何気なく、悟《さと》られぬように言わなければ。

「もし、よければだが……」

「はい？」

「俺のマンションが近くにある。歩いて、15分くらいのところだ」

「おや」

「ソファーと毛布の寝床でよければ、提供してもいいけど」

「ホントですか？」

「譲君しだいだけどね。他人と顔を突き合わせるのがイヤじゃなければ」

「呼び捨てでけっこうです。私のことも、玲でかまいませんから」

「君は、喜んで呼び捨てにさせてもらうよ、玲。失礼極《きわ》まりない態度に敬意を表して」

と、皮肉を込めて呼んでやる。

「でも、彼のことは、まだ何も知らないからね」

「安心してください。譲は、私以上に超失礼なヤツですから」

「そんなこと、話してみなきゃわからないだろう？」

「話せると思ってるんですか？」

「何…？」

「私は一応、譲と同じ家で暮らしてますが、ここ半年くらいは人語は聞いてません」

「人語は…って…？」

「ワンワンと吠《ほ》えてるか、ニャーニャー鳴いてるか、ピーピーさえずってるか」

「なんだ、それは――…？」

「あいつのクセなんですよ。ところかまわず動物とか、彫刻とかに変身するのが」

若宮は、さっき拓が言っていたことを思い出す。

譲は家でも1日中、あれをやっていると……。

「でも、稽古の延長みたいなものなんだろう？　食事や睡眠《すいみん》は普通にするんじゃないのか？」

「と、最初は誰でもそう思うんですがね。まあ、一晩いっしょにいればわかりますよ。それでもよければ泊めてやってください。一応、稽古は1カ月ほど続きます」

玲は何がおかしいのか、口元にからかうような笑みを刻《きざ》んだ。

「食事の心配もいりません。タオルケットを一枚与えて、廊下の隅《すみ》にでも置いてやってくれればけっこうです」

「廊下の隅って…、そんなわけにいくか」

「それで十分です。最近は野良猫《のらねこ》化してますから。家にいる時でも、たいてい階段の下で寝てるんです」

「階段の下～!?」

「ええ。たまにキャットフードをあげようとすると、引っ掻《か》かれます。私はぜんぜん信用がないらしくて」

などと、当然のことのように言っているが、この会話って、ホントに普通?

「ちょっと待て…。いくら猫のフリをしてたって、キャットフードは食わないだろう?」

「いいえ。お袋さんの手からなら、ちゃんと食べますよ」

「……って…、君の母親は、息子にキャットフードをやるのかー?」

「だって、野良猫に、人間様の食い物はもったいないでしょう」

「………………☆」

あまりに呆《あき》れて、若宮は、スッパリと理解することを放棄《ほうき》してしまった。

有栖川が変人一家なのは、もう十分わかった。

拓だって、以前は相当なワルだったし、今だってマトモとは言い難《がた》い。

玲にいたっては、外見だけでなく、性格もかなり破壊的だ。

さっきから、周囲の状況など意にも介《かい》さず、ただジッと座り込んでいる譲も、かなり妙なヤツだとは想像できるが。

だが、自分の息子にキャットフードを食わせる母親なんているかー？

「まあ、ウソかホントかは、今夜わかりますよ。お気をつけて。かなり人間不信の凶暴《きょうぼう》な野良猫だから、たとえ泊めても、手は出さない方がいいですよ」

瞬間――…、若宮は、見事なほどビクリと肩を震わせた。

「だっ…誰が、誰に…手を出すってー!?」

「だから、野良猫だからって、頭を撫《な》でようとしちゃダメだって意味ですよ。引っ掻かれかねませんから」

「……あ……!?」

「妙なことにムキになりますね。何か他《ほか》に『手を出す』意味があるんですか？」

思わせぶりにそう言って、玲は、めいっぱい人の悪い笑みを浮かべた。

(こっ…こっの女〜っ!?)

ヒクリと、頬《ほお》が引きつるのがわかる。

なんて、なんて、なんて、超極悪《ごくあく》な性格の女だぁ〜！

何もかも気づいてる。

若宮が譲を意識してるのを知ってて、ワザと言ってるのだ。

暗《あん》に、譲を泊めてくれないと、よけいな詮索《せんさく》をしてしまいますよと。

そして、逆に言えば、泊めれば、そばにいられる時間が増えるから嬉《うれ》しいでしょうと。

そう言っているのだ。

（レズかなんて、訊かなきゃよかった…☆）

必死で隠してきた性癖《せいへき》を、自《みずか》ら暴露《ばくろ》してしまった。


――思えば、拓もそうだった。

クラスメイトというだけで、個人的な付き合いはいっさいなかったにも拘《かか》わらず、一度、偶然擦《す》れ違った時、突然若宮の顔を見て吹き出したことがある。

『色々大変だなー。隠さなきゃいけないことがあると』

と、それだけボソリと吐き捨てて、去っていったが。

その意味がわからないほど、鈍《にぶ》くはない。

若宮の性癖に、拓は気づいていたのだ。

必死に隠しているつもりだったのに、視線に、態度に、言葉の端々《はしばし》に、同類だからこそ嗅《か》ぎ分けることのできる雰囲気のようなものが、滲《にじ》み出ていたのかもしれない。

当時から、誰はばかることなくバイセクシャルだと公言していた拓には、家でも学校でも必死にいい子を演じる若宮が、さぞや滑稽《こっけい》に見えたのだろう。

そして、嘲笑《あざわら》っていた。

隠していて何になると。

そんなつまらない人生のどこがいいと――…。

(だーかーらー、有栖川の人間はイヤなんだっ…!)

兄が兄なら、妹も妹。

いや、玲の方がさらに手に負えないことは、拓が怒って出ていった事実が物語っている。

若宮の姉の葉月《はづき》も、かなり強欲《ごうよく》で、したたかで、タカビーで、家族でもなけりゃお近づきになりたくないタイプだが、玲は別な意味で始末《しまつ》に悪い。

「ま、ともあれ、今夜は譲をお願いします。煮て食おうと焼いて食おうと、どうぞ御随意《ごずいい》に。と言いたいところですが、たぶん話しかけても返事もしないでしょうから、妙な期待は持たない方がいいですよ」

「妙な期待って…、何のことだっ!?」

ホントに、いちいちムカつく物言いをする。

恨《うら》めしげに睨《にら》んでやると、玲は、おお怖い〜と、大仰《おおぎょう》に肩をすくめてみせた。

「べつに深い意味はないです。譲をどこかに泊めると、必ずと言っていいほど、失望したって文句を言われるもんで」

「期待なんかしないし、何かをしてやるほどご親切でもないよ。必要なのはタオルケットだけ。食事は出さない。手も出さない。話しかけない。それでいいんだろう」

「おわかりなら、それでけっこうです。ついでに、お帰りになる時、いっしょに連れてってやってくれますか。一人で行かせると、ちゃんとお宅にたどり着くか不安なので」

「……って、たった15分の距離だぞ。子供だって来れる」

「譲はある意味、子供以下でして」

「………！」

なぁーにを甘ったれてるんだ？

こっちは、まだ仕事があるんだ。こんなお遊びに付き合ってるヒマはないのに。

「まあ、住所だけ教えてくれてもけっこうですけど。それだとたぶん、そのへんで野宿しますよ」

玲は、まるで脅《おど》しまがいに、若宮の耳元に囁《ささや》いてくる。

(この女〜、どうしても俺が、譲を泊まらせたがってると思ってるな〜☆)

弱味を握ったと、確信してるのだ。

これなら、とことん骨の髄《ずい》までしゃぶれると。

(冗談じゃないっ！)

と、心で吐き捨てる。

ノンケだってそれぞれの好みがあるように、ホモだって、男なら誰でもいいわけじゃない。

むろん、ただでさえ選択範囲が少ないんだから、あれこれ選《え》り好みをしてたら、相手なんて見つかるはずないのはわかってるが、でも、若宮は心が狭《せま》いのだ。

たとえば、デブ専《せん》なんて美意識で生きてるヤツらは、たとえおなじホモだとしても、お仲間だとは思いたくもない。

身長は180センチ以上。

肩幅が広くて、胸が厚くて、でも、あんまりムキムキしすぎてなくて、スポーツで鍛えられた実践《じっせん》的な引き締まった筋肉ってヤツなら、もう最高〜！

もちろん、顔はスーパーモデル並みじゃなきゃ。

ついでに、ツッパリ系も、遊び人も嫌いだ。

高望みしすぎだろうと、知ったことじゃない。

自分がマイノリティだって自覚は十分すぎるほどあるからこそ、そこそこのお仲間で手を打とうなんて卑屈《ひくつ》な考え方だけはしたくない。

どうせなら、女達に、どうしてこんなにイイ男同士がくっつくのかと、嫉妬《しっと》丸出しに羨《うらや》ましがられるような、それくらいの男じゃなきゃ、下手《へた》すりゃ勘当《かんどう》されるかもしれないリスク覚悟で、カミングアウトなんかできるわけがない。

むろん、そんな相手が、簡単に見つかるとは思ってもいない。

だからといって、顔と身体《からだ》目当てで言い寄ってくる連中をセフレにして、一時の快楽を得ようなんて気もさらさらない。

べつにSEXだけがしたいわけじゃない。

欲しいのは恋人なのだ。

心よりも身体《からだ》って即物的《そくぶつてき》なホモが多い中、理想の王子様と結ばれたいと願っている、乙女チックな男なのだ。

なんて、あれこれ理屈をつけているが、突き詰めてみれば、

(だって、俺は、超メンクイなんだよぉぉぉ――――……っ!)

って、まあ、それだけのことなのだが。

ブ男に身体を撫《な》でくり回されるなんて、考えただけでもオエェェェ――――ッだから、このさい、理想は高く、天より高く、あまりに高望みすぎて一生独《ひと》りもんだって、それはそれで悔《く》いなきホモ人生じゃないかと思っている。

せっかくこんなに美人に生まれついたのに、そのへんの出腹オヤジで手を打つなんて、まっぴらゴメン!

ってわけで、今の今までチェリーボーイ……、もとい、バックバージンだってわけだ。

それでも最高の恋人でないなら、隠れホモとして姑息《とそく》に生きていく方がマシなのだ。

(だからー、誰でもいいなんて思ってもらっちゃ困るんだよ!)

と、心で力説する若宮だが。

……だけど、だけどね。

ダラダラ並べ立てた理想像は、どこかの誰かさんに似てないだろうか？

そう、さっきから黙ったまま、ビクとも動かず瞑目《めいもく》しているあの男に。

あのバカ拓でさえ、高校時代、ちょっとは憧《あこが》れてたこともあったし、玲だって女だからピンとこなかったが、キレイな顔立ちだとは思いはした。

ようは、有栖川家の顔立ちは、見事に若宮のツボにハマってるってことで。

そして、拓よりも上品で、玲よりも精悍《せいかん》な譲は、まさに赤丸つきの大ヒット！

何がいいって、まだそのほとんどは謎だってことだ。

瞼《まぶた》を閉じているから、瞳《ひとみ》も見えない。

座ったままだから、立ち姿の凛《り》々《り》しさもわからない。

なのに、それでも目が離せないほどに、好みだとわかる。

これで目を開いたら、立ち上がって動いたら、甘い声音《こわね》で言葉を話したら、それはどんなに魅力的なことだろうと、期待せずにいられない。

つまりだ。

こいつなら骨の髄《ずい》までしゃぶり取れそうだと踏んだ、玲の判断は大当たりってことで。

だから、悔《くや》しいけどこのままじゃあ、玲の思惑《おもわく》通りに動いてしまいそうな気がする。

譲につられてズルズルと、底なしの泥沼《どろぬま》にハマっていきそうな。

とぉーってもイヤな予感がするんだけど――…。

そんな若宮の不安を鋭《するど》く見抜いたのか、玲は、妙にウキウキしながら譲の方に歩み寄っていく。

「今夜、若宮さんが、泊めてくれるそうだ」

と、さっきまでのヒソヒソ声はどこへやら、倉庫中に響く発声でもって、しっかりと報告したのだ。

メンバーの視線が、玲から譲へ、そして若宮へと順々に向けられていく。

どこか、面白《おもしろ》がっているような表情で。

さらに、玲が、珍妙《ちんみょう》な忠告を始める。

「マンションまで案内してくれるらしいから、せめて、部屋につくまでは二本足で歩いてくれよ。四つ足になったり、吠えたり、嚙《か》んだり、引っ掻いたりしないように。くれぐれもスポンサーの若宮さんに、恥をかかせないように」

だが、譲はいっこうに反応しない。

スポンサーという言葉が出たのに、瞼を開けさえしない。

（あんの野郎ぉぉぉ〜っ！）

拓は、傲慢《ごうまん》で性悪《しょうわる》な男だ。

玲は、狡猾《こうかつ》で魔的な女だ。

でも、譲は、性格なんかまったくわからないのに、なんかとってもやなヤツだ〜！

こうなったら、何らかの反応を引き出すまで帰らないぞ。

稽古場を貸してやった上に、寝床まで提供しようとゆーんだ、礼の一言くらい言ってもらっても罰《ばち》は当たらないはず。

そう、せめて声が聞きたい。

両目を開けて、こっちを見て、声をかけて欲しい。

あの顔から発せられる声なら、どんなに魅惑《みわく》的なことだろう。

(絶対、絶対、聞いてやるからなっ！)

ホントは仕事に戻らなきゃならないのに。

社長である兄にお目玉を食《く》らうのはわかっているのに、半《なか》ば意地になって若宮は、その場に居座った。

——だが、稽古が終わるまで、4時間あまり。

譲の口から声が発せられることは、ついになかった。

2　人間不信の猫

有栖川玲《ありすがわれい》は、自分の兄である譲《ゆずる》について、こう言った。

『妙《みょう》な期待は持たない方がいいですよ』

と――……。


もちろん、若宮《わかみや》とて、期待なんか持ってなかった。

いきなり一目惚《ひとめぼ》れされて、告白されたりとか。

抱き締められたりとか。

キスされたりとか。

そんな妄想《もうそう》はチラとも……、いや、ほんのチラッと頭を掠《かす》めはしたが、現実にあり得ないこともわかっているから、即座に追い出した。

だが、稽古場《けいこば》を提供してくれたスポンサーに対する礼儀くらいはみせるだろうと思っていた。

握手をして、初対面の挨拶《あいさつ》くらい聞けるだろうと。

それは、期待とかじゃなく常識ってものだから。


――夜9時を回った頃。

「今日はここまでにしよう」

との玲の声を合図に、譲は突然目を見開いた。

若宮は、息を呑《の》んだ。

切れ長で、野性的で、それでいてどこか気品のある、吸い込まれそうなほどに美しい宝石のような瞳《ひとみ》。

目をつむっていてもイイ男だった譲は、目を開けるとさらに超イイ男だった。

(も…モロ、好みじゃないか～♡)

あまりに理想的な顔を前に、ボ――ッと見惚《みほ》れていた若宮に、譲はゆっくりと歩み寄ってきたものの、

「よろしく、若宮多紀《たき》だ」

と、差し出した手を、握り返してくることもしない。

『初めまして』も『お世話になります』も言わず、若宮よりさらにボォォォ――――ッとした顔で佇《たたず》んでいるだけ。

だが、譲の方は、べつに若宮に見惚れているわけではないらしい。

ただ、純粋にボンヤリしているだけのようだ。

なのに、そんな顔さえもチャーミングだったもんで、2～3分ほど言葉もなく見つめてしまったあげく、ようやく玲に、

「お見合いですか？」

と、からかわれて、若宮は、ハッと我に返ったのだった。

＊

(それにしても、まさか、マジで挨拶の一つもしないヤツだったなんて……)

稽古場のあるビルからマンションまで、歩いて15分くらいの道すがら。

話しかけても無駄《むだ》だと言われてはいても、やはり黙り込んでいるのは気詰《きづ》まりだから、若宮は、目印《めじるし》になる店や標識を、キッチリ1メートルほどの距離を空《あ》けてついてくる譲に、あれこれ教えてやっているのだが。

しかし、これが、ホントに愛想《あいそ》の欠片《かけら》もないのだ。

返事どころか、頷《うなず》くことさえしない。

若宮が止まれば、譲も止まる。若宮が歩き出せば、譲も歩き出す。

その上、譲はほとんど足下を見たまま黙々と歩いているから、もしもそこに若宮がいなければ、ただブラブラ散歩でもしているように見えるだろう。

（なんだよ、俺は、ただのナビゲーターかぁ〜？）

あまりに失礼な態度にムカつきはするが、期待をするなと釘《くぎ》を刺《さ》されている以上、文句を言うわけにもいかない。

それに、黙っていてもやっぱりイイ男だから。

身長は思っていたより高く、たぶん185センチはあるだろう。

つまり、想像していたより股下《またした》が長かったってことで、スタイルはモデル並みだ。

（抱き締められた時、額《ひたい》のあたりが肩に当たる感じかー。うわぁ〜、最高〜！）

と、ついつい、あらぬ想像をしてしまう。

ローライズのデニムパンツと、ざっくりしたボヘミアンタイプのシャツの下には、広い肩や、厚い胸板《むないた》や、しっかり筋肉のついた太股《ふともも》が隠されている。

動くたびに、それが透《す》けて見えるような気がする。

それに、寡黙《かもく》な男は、おしゃべりな男よりカッコよく見えてしまうものなのだ。

（こんな男といっしょに暮らすのか……）

思うだけで、かつてないほど、激しいときめきに襲《おそ》われる。

（てゆーか、俺、部屋に、家族以外を入れたこともないんじゃないか）

3年前、大学を卒業すると同時に実家を出て借りた部屋は、2LDK、独《ひと》りで住むには十分すぎるスペースだが、遊びに訪《おとず》れる友もない。

マンションのエントランスにつくと、若宮は最低限の説明をした。

「スペアキーを渡すわけにはいかないから。帰ってきたら、905の番号を押してくれ。部屋に設置されてるモニターで来訪者《らいほうしゃ》を確認できるから、君だとわかればロックを解除する。君の方が先に帰ってしまった時は…、まあ〜、外で待っててくれ。管理人が常駐《じょうちゅう》してるから、親しくなれば、ここのドアくらいは開けてくれるかもしれないけど」

だが、こいつが管理人と親しくなる可能性なんか、まずないだろうな。

と、ムッツリとうつむいているだけの譲を見ながら、思う。

エレベーターに乗っている間も、あまりにも静かすぎて困ってしまう。

ドクドクと高鳴る鼓動《こどう》が、聞こえてしまうのではないかと――…。

「あ、ここが俺の部屋だ。どうぞ」

ひどく長く感じた道のりがようやく終わり、玄関ドアを開けてやったとたん、まるで一陣《いちじん》の風のような素早さで若宮の脇《わき》をすり抜け、部屋の中へと飛び込んでいくシルエットが目の端に映った。

「えっ…？　あれれ〜？」

慌《あわ》ててあたりを見回すが、すでに譲の姿はどこにもない。

玄関のたたきに、乱暴に脱ぎ捨てられたスニーカーが転がっているだけ。

「おい、お邪魔《じゃま》しますもなしかぁ～☆」

呆《あき》れつつもスニーカーを揃《そろ》えるのは、律儀《りちぎ》な性質ゆえだ。

「勝手に部屋の中を覗《のぞ》くなよ」

どこに入り込んだのかもわからぬ譲に向かって呼びかけながら、リビングルームの奥にある寝室へと向かった。

玲に言われたようにタオルケットを引っ張り出すと、リビングに戻り、ついでに隣接するキッチンを覗くが、譲の姿はない。

再び廊下に出て、洗面所とバスルームも確認するが、やはり譲はいない。

まさかベランダから飛び出したなんてことはないだろうと思いながら、ひょっと玄関に目をやると、タイルのたたきの薄暗がりに、うずくまっている何者かの影があった。

ゴクリと、緊張に息を呑《の》む。

「なんだよ…、何してるんだ、そんなところで……？」

譲だった。

さっきは、部屋の中に飛び込んでいった気配《けはい》がしたのに。

つまり、グルリと一回り探索して、再び玄関まで戻ってきたってことなのか？

それにしても、どうしてまた固いタイルの上にしゃがみ込んでいるのか？

そこまで思って、気がついた。

『最近は野良猫化《のらねこ》してますから』

と、玲が言っていたことを。

それにしても、家主に断りもなく、いきなり猫化するかー？

「そこがお気に入りってわけか？」

何気なく言ったとたん、ビクリと譲の頭が揺れた。

顔だけ上げて、険《けわ》しい目で睨《にら》みつけてくる。

「へえ、マジで猫っぽいな……」

頭でも撫《な》でてやろうと、手を出そうとした瞬間、

「フ――――ッ！」

と、歯を剝《む》き出して、譲は毛を逆立《さかだ》てた。

いや、実際にはあり得ないのだが、一瞬そう見えたような気がして、若宮は慌てて手を引っ込めた。

それは確かに譲のはずなのに……。

身を丸め、ギラギラと光る目だけを若宮に向けて、威嚇《いかく》の唸《うな》りを上げている姿は、まさに野良猫そのものだ。

（これが演技かよ……！）

玲が、マンションにつくまでは四つ足になるなと言っていたのは、このことだったのだ。

部屋に飛び込んだ瞬間から、すでに譲は野良猫に変身してたのだろう。

だから、若宮の呼びかけにも答えなかった。

そうして、あたりを探索して、再び一番危険のない場所へ、つまりは、すぐに逃げ出せる場所へと戻ってきたのだ。

「話には聞いてたが、ここまで極端だとはな……」

敵愾心《てきがいしん》丸出しに睨みつけられると、さすがに近寄る気も失《う》せ、タオルケットだけポンとそばに放ってやる。

「わかったよ。そこが好きなら勝手にいろ。タオルケットは使っていい。でも、それ以上は何もしないからな。食事の面倒《めんどう》はみないぞ。冷蔵庫の中を探るのもやめてくれ」

それだけ言ってキッチンに戻ると、イヤミたっぷりに食事の支度《したく》を始める。

一人暮らしを始めて3年。

生来の要領のよさも手伝って、家事にもすっかり慣《な》れた。

カンヅメのミートソースを使ったパスタに、サラダだけのシンプルな晩餐《ばんさん》だが、つまみのチーズとワインだけは、いいものを用意する。

それを、リビングのローテーブルに運ぶと、床に腰を下ろして食べ始める。

若宮の記憶では、譲は稽古が終わった後も、エビアンを呑《の》んだだけで、まったくと言っていいほど固形物を口にしていない。

夕方から今までもう6～7時間もたっている。腹が減らないわけがない。

オリーブオイルの匂《にお》いが漂っていけば、たぶん頭を下げて何か食べさせて欲しいと言ってくるだろうと思っていたのだが。

テレビを相手に一人でフォークを運んでいても、いっこうに譲が入ってくる気配はない。

最後のチーズの一切れをワインで流し込んで、一応腹は膨《ふく》れたが、なんとなく胸のあたりに空虚《くうきょ》な感覚が残っている。

「もー、一言、腹減ったと言えないのかね～」

釈然《しゃくぜん》としない気持ちを抱えながら、それでもお節介《せっかい》をする気にもなれず、シャワーを浴びるために、着替えを持って廊下へと出る。

そのドン突きに、若宮が放り出したままの位置にあるタオルケットの上で、譲は大きな身体《からだ》を丸めて眠っていた。

バスルームのドアを開けると、乱れた髪から覗《のぞ》く譲の耳がピクと動いた。

眠っている演技をしてるだけなのか？

それとも、浅い眠りの中で、わずかな音にも反応しているのか？

「フ～ン。そーいえば、小学校の頃、耳だけピクピク動かせるヤツがいたっけな。時々いるんだよな。身体《からだ》の一部を自在に動かせるヤツってー」

悔《くや》し紛《まぎ》れに、ゴチャゴチャとくだらないことを言ったあげく、そんな自分が情けなく思えてきて、少々茹《ゆ》だるほど湯に浸《つ》かってしまった。

髪を洗って前髪を下ろし、パジャマに着替えると、必要のなくなっただて眼鏡《めがね》は、そのまま洗面所の戸棚にしまい込む。

鏡に、プライベートな顔が映る。

いつもならこれで、ゆったりとした時間を取り戻せるのに、今夜はどうしても緊張感が抜けない。

ドアを開けると、譲は、先ほどと変わらぬ体勢でうずくまっていた。

「シャワーを使ってもいいぞ。あと、ちゃんと掃除《そうじ》しておいてくれるならな」

声をかけても、当然のように反応は返ってこない。

「かわいげないヤツ～」

吐き捨てて、寝室に入ると、ベッドにバフッと飛び込んだ。

奇妙《きみょう》な夜だ。

なんだか眠れそうもない。

当然だ、同じ部屋の中に、得体《えたい》の知れない男……、いや、巨大な野良猫がいるのだから。

今は猫ぶりっこしているが、家主が眠り込むのを待っているだけかもしれない。

夜中にコッソリと起き出して、行動し始めるかもしれない。

（もしも明日の朝、冷蔵庫の中身が荒らされていたり、リビングの棚のスコッチが少しでも減っていたら、ただじゃおかないからな〜）

そんなケチくさいことを考える一方、ホントはそれ以外の何かを期待してることにも、気づいている。

つまり、この寝室に忍び込んできて、よからぬことをするんじゃないかと……。

まったく現実的ではない。

決してあり得ない。

ただの夢想《むそう》。

でも、しょうがない。

イイ男を見ると、ついついあらぬ妄想《もうそう》を巡《めぐ》らしてしまうのは、決して実ることのない想《おも》いを長年抱え続けてきた、隠れホモの哀《かな》しいサガなのだから。


——今も覚えている。

近所で一番の腕白《わんぱく》坊主、ケンちゃんに淡《あわ》い憧《あこが》れを抱いたのが、5歳の頃。

だが、それでも小学生の間は、男友達のあとばかり追いかけている自分を、それほど不思議だとは思わなかった。

が、思春期の到来とともに、おぼろげに感じていた他人とは違う性癖《せいへき》を、自覚せざるを得ない事態に陥《おちい》ってしまった。

女生徒達の夏服の背中に浮き出すブラジャーの線より、体育の授業のたびに、いっしょに着替える男子生徒の身体《からだ》の方に、興奮してしまったのだ。

ショックだった！

これはおかしいと、自分でも思った。

だが、誰かに相談することなど、できるはずもない。

溜《た》まっていくだけの懊悩《おうのう》を、勉学にいそしむことで誤魔化《ごまか》して、県下で指折りの男子高校に入学した。

そして、奇跡のように、初めての恋のチャンスが訪れた——…！

相手は、少々お軽い印象《いんしょう》はあるものの、けっこうイケメンのテニス部の先輩。

県大会準優勝のスポーツマンの上、生徒会副会長を務《つと》める文武両道《ぶんぶりょうどう》のヒーローで、そのくせハデな遊びが大好きの気さくな男の周《まわ》りには、いつも他校の女が群がっていた。

たぶん、そんな女達と同じ目で、若宮も彼を見ていたのだろう。

声をかけてきたのは、向こうだった。

『いつも俺を見てたろう。知ってるよ。俺もちょっとそっちにも興味があるから、付き合ってやってもいいぜ』

今思えば、ずいぶんと傲慢《ごうまん》な誘い文句だった。

なのに、誰にも言えぬ性癖を抱えて鬱々《うつうつ》としていたあの頃の若宮は、男への恋心を認めてもらえただけで舞い上がってしまった。

頷《うなず》いたことで始まったお付き合いは、でも、思い描いていたものとはあまりに違いすぎた。

絶対的に優位な立場にあぐらをかいていた先輩は、愛されてることを嫉妬《しっと》させることで確認しようとするかのように、平気で女にも手を出していた。

もっとも、恋愛に夢を持ちすぎていたため、じっくり段階をへて、最初はキス止まり、ＳＥＸはもっとお互いわかり合ってからなんて、焦《じ》らしていた若宮にも責任はあるのかもしれないが……。

まだ15歳、やっぱ挿入《そうにゅう》って行為には、恐怖を感じもする。

それでも、お触りゴッコはしていたのに。

『男には突っ込みたい欲求があるんだから、お前がやらせてくれない以上、他《ほか》で発散するしかないだろう』

と、開き直る男に、理不尽《りふじん》なものを感じながらも、文句を言うこともできなかった。

そうして、いっこうに浮気をやめない先輩と、嫉妬の連続の若宮との関係は、あっと言う間《ま》に崩壊《ほうかい》した。

別れを切り出したのは、向こうだった。

『抱かせる気がないなら、別れようぜ』

突きつけられた言葉の意味を把握《はあく》するまでに、たっぷり5分はかかっただろう。

呆然《ぼうぜん》と佇《たたず》む若宮に、あばよとだけ言って去っていく男の背中を見ながら、若宮はようやく理解した。

先輩にとっては、恋ではなかったのだと。

ただ男を抱いてみたかっただけなのだと。

それには、やっぱりキレイ系がいい。若宮は、その条件に合っていただけ。

『ちょっとそっちに興味がある……』

と、最初に言った口説《くど》き文句は、まさに先輩のホンネだったのだ。

だが、日替わりメニューのように一度かぎりの関係を持っていた女達と同様、たぶん抱いてしまえば、若宮に対する興味もなくなっただろう。

本当に、一時《いっとき》だけの遊び相手にされていただけ。

そのことに気づいてしまった――……。


「バカだったよな……」

今はもう、顔さえよく思い出せない。

愚《おろ》かで幼い恋の顚末《てんまつ》は、苦《にが》い教訓を残してくれた。

男にも女にも拘《こだわ》らない男は、やっぱり一人の相手に拘ることもないのだと。

以来、男と付き合うどころか、告白さえしたことはない。

女と試《ため》してみようとナンパしまくったこともあるが、脂肪《しぼう》だらけのプニョプニョした身体《からだ》に触れると、それだけで萎《な》えた。

キスすら、気持ちが悪かった。

あれやこれやの試行錯誤《しこうさくご》のあげく、抱きたいのではない抱かれたいのだと気づいて、虚《むな》しいだけの女遍歴《へんれき》はやめた。

それからは、苦悶《くもん》の日々だった。

性欲有り余る大学時代。

学部の仲間や、教師にさえ抱いた、不謹慎《ふきんしん》な想い。

独《ひと》り寝の夜には、抑えきれぬ欲望のまま、妄想の中で何度となく彼らを穢《けが》した。

やがて、自責の念から友人の顔を直視できぬほどになって、ようやく一人で生きていく決心ができた。

ありがたいことに、家は裕福で、父は貪欲《どんよく》なまでの成金だ。

子供達にさえ、仕事のできない者に財産は渡さないぞと目を光らせてるくらいだから、他人が持ち込む上手《うま》すぎる話には決して飛びつかない。

おかげで、政略結婚なんてのが転がり込んでくる可能性も少ない。

独り者でいても、結婚をせっつかれることもないだろう。

消費者金融『HAPPY・DAY』の方は、姉の葉月《はづき》が。

ディスカウントショップ『YOUNG・LIFE』は、兄の篤志《あつし》が。

それぞれ社長の座に就《つ》いている。

末っ子の若宮は、兄の下で経理と仕入れを一任されているが、そのうち、支店を一つ譲《ゆず》り受けて、独立させてもらおうと思っている。

高望みしなければ、十分独りでだって暮らしていける。

それが似合いの人生だと思ってきた。

どんなに足掻《あが》いたって、一番の希望は叶《かな》えられないのだから。

好きになる男は、いつも極上品で、当然女にもモテた。

わざわざ男を相手にする可能性などない連中ばかりだったし、そーゆー男は自信がある分、自分から言い寄ったりはしないものだ。

恥を忍んで告白するしか、相手に気持ちを理解してもらう術《すべ》はない。

が、その結果、最悪の場合、友情も壊れ、変態の誹《そし》りを受けることになるかもしれない。

それを堪《こら》える勇気はない。

かといって、発展場とやらに足を運んで、男漁《あさ》りをする気など毛頭ない。

だから、もう諦《あきら》めるしかない。

何万分の一の確率で、奇跡のような出逢《であ》いがあるまで、隠れホモでいるしかない。

たまに、いいなと思う男を夜のオカズにして、妄想の中で抱かれるだけ――…。

ずっと、そう思ってきたのに。

だが、譲は他の男とは、ちょっと……、いや、だいぶ毛色が違う。

演劇一途《いちず》で、女になど興味もなさそうだ。

それにあの有栖川の血族なのだ。

バイセクシャルの拓《たく》と、男装の麗人《れいじん》の玲に挟《はさ》まれて育って、はたして真っ当な恋愛観が育つだろうか？

もしかして、豹変《ひょうへん》するのは、猫にだけじゃないかもしれない。

ジキル博士とハイド氏じゃないけど。

昼間は無口な演劇青年が、夜には血肉をあさる狼男《おおかみおとこ》に変身し、男女かまわず犯しまくったりとか――…。

「……ダメだぁ～。頭、腐《くさ》ってるぅ…☆」

25歳にもなって、何を考えてるんだか。

ホモなんて人種が、そうそう転がってるわけはないのに。

それでも、淫《みだ》らな妄想が湧《わ》き上がってきて、ついつい手が股間《こかん》に伸びる。

他に、欲望を吐き出す方法を知らないから。

「……譲……」

と、出逢ったばかりの男を思い描く。

眠りを知らない都会の夜。

遮光《しゃこう》カーテンを引いていても、わずかな隙間《すきま》からネオンライトの光が入り込んでくる。

決して暗闇《くらやみ》に包まれぬ部屋の中、耳を澄《す》ましていると、忍び寄ってくる何者かの気配を感じはしないか？

息を殺し、足音を潜《ひそ》ませ、静かにドアを開け、無防備に眠っている自分に迫ってくる男の影が見えはしないか？

譲との体格差は歴然《れきぜん》としている、押さえ込まれれば抗《あらが》う手だてもないだろう。

狼に変身した男は、どんなふうに自分を貪《むさぼ》るのだろう？

「………譲……」

喘《あえ》ぐように呟《つぶや》きながら、若宮は淫らに両手を動かしながら、妄想とも夢ともつかぬ欲望の中に落ち込んでいった――…。

＊

目覚まし時計の、ピピピ――…という甲高《かんだか》い電子音が、若宮の脳裏《のうり》を覚醒《かくせい》させる。

とっさにアラームを止めて、時間を確かめる。

6時半。いつもの起床時間だ。

ほんの一瞬のような気がしていたのに、5時間ほどは眠ったらしい。

それも、あられもない夢を見ながら――…。

「ウソだろう……☆」

思わず、情けない声を出してしまった。

パジャマの中が、朝立ちの滴《しずく》で濡《ぬ》れていたのだ。

寝室を出ると、そうっとドアを開け、玄関に続く廊下を覗《のぞ》く。

譲は、相変わらず昨夜と同じ場所にうずくまっている。

妙な妄想を抱いた自分が滑稽《こっけい》で、できるだけ顔を背《そむ》けながらバスルームに駆け込んだ。

汚れた下着と身体《からだ》を洗い、ワイシャツのボタンをとめ、キッチリと髪を上げ、だて眼鏡をかけ、隅《すみ》から隅まで隙もないビジネスマンの仮面を被《かぶ》る。

「これでよし！」

と、かけ声一発、再び廊下に出ると、譲がわずかにモゾリと身動《みじろ》いだ。

それを無視してキッチンに向かう。

冷蔵庫の中を覗くが、減っているものは何もない。

「あいつ、もしかして、何も食ってないのか～？」

夜中に、買い物にいったような気配もない。

ゴミ箱にもどこにも、見慣れぬビニール袋の一つも捨てられてはいない。

だいたい、エントランスはオートロックドアで、一度出てしまえば、住人が通りかかりでもしないかぎり入ることはできないのだから、コッソリ出かけたとは思えない。

だとすれば、譲は、昨日の夕方から何も食べてないことになる。

慌《あわ》てて、冷蔵庫の中からあり合わせの材料を掻《か》き集めて、チャーハンを作る。

「おい、朝飯だぞー！」

フライパンを揺すりながら、大声で呼びかけてみても、答えは返ってこない。

「意地っ張りめが……！」

毒《どく》づきながらも、熱々のチャーハンの皿を持って、玄関に向かう。

荒々しい足音に驚いたように、譲が飛び起きる。

「フ――――ッ！」

と、歯《む》を剝き出して威嚇《いかく》してくる。

「まだ猫のマネか？　いいかげんにしろ。さっさと食え！」

皿を譲の鼻面《はなづら》に向かって差し出したとたん、勢いよく手を払われた。

ガッシャ――――――ン!!

と、壁に激突した皿が粉々《こなごな》になっていくさまをスローモーションのように見ながら、バランスを崩《くず》した若宮は、ペタリとその場にしゃがみ込んでしまった。

「……なんだよ、これぇ……？」

唖然《あぜん》と呟く。

身体《からだ》を支えるために床についた右手の甲に、三本、細いみみず腫《ば》れが走っている。

引っ掻《か》れたのだ、譲に。

親切に、食事を出してやっただけなのに。

なのに、それを手ごと振り払って、引っ掻き傷までつけたのだ。

「なんてことすんだよ――…！」

怒鳴るなり、リビングに取って返す。

たいした傷ではないと思っていたのに、救急箱を探してる間に、床にポタリと赤いものが落ちた。

「え…？」

手の甲の引っ掻き傷は、赤くなっているだけで血は出てないのに。

慌てて手のひらを見ると、まるで覚えのない切り傷から血が滴《したた》り落ちていた。

たぶん、尻餅《しりもち》をついた時に、割れた皿の破片《はへん》の上にでも手を置いてしまったのだろう。

引っ掻かれたことがショックで、今まで気づかなかったのだ。

ようやく救急箱を引っ張り出して、慣れない左手でスプレー式の消毒薬を吹きつける。

傷は浅いが、スッパリ切れているから、なかなか血が止まらない。ガーゼを押しつけて拭《ぬぐ》いながら、譲に向かって怒鳴り飛ばす。

「おい、包帯を巻くくらいの気持ちはないのかっ！」

だが、当然のように返事はない。

「くそっ！　絶対に手伝わせてやるぞ～」

足音も荒く玄関に戻った時、すでに譲の姿はなかった。

開け放たれたドアが、譲がすたこらさっさと逃げ出したことを物語っていた。

「あんの野郎…、鍵《かぎ》をあける猫か～☆」

あんまり驚いて、怒りも何も吹っ飛んでしまった。


『譲をどこかに泊めると、必ずと言っていいほど、失望したって文句を言われるもんで』


意味ありげに笑った玲の言葉の意味が、ようやくハッキリ理解できた。

が、ここまでハチャメチャだとは……。

若宮は、まだ散らばったままの皿の欠片《かけら》に、視線を落とす。

こんなことがあるか？

こっちは稽古場を貸しているスポンサーなのだ。

成り行きによっては、劇場の世話もしてやろうと思っていた。

頭を下げて、お世辞《せじ》を並べ立てて、下にも置かぬあつかいをされて、当然。

なのに、わざわざ泊めてやった恩も忘れ、ケガまでさせて、そのまま逃走なんて、非常識とかどーのとかいう問題じゃない。

まだ染《し》みるキズ口に、左手だけで不器用に包帯を巻いていると、ジワジワと怒りが蘇《よみがえ》ってくる。

「だっ…誰があんなヤツに、稽古場なんて貸してやるかっ！」

若宮は誰もいない玄関に向かって怒鳴ると、昨夜、譲が使っていたタオルケットを思いっきり蹴《け》り飛ばした。

3 変幻自在

その日の夕方、仕事を抜け出した若宮《わかみや》は、再び、稽古場《けいこば》となっているオンボロビルの地下にやってきた。

譲《ゆずる》と顔を合わせるのがイヤで、ドアの隙間《すきま》から覗《のぞ》き込み、近場にいたメンバーに玲《れい》を呼んでくれと伝える。

「おや、いらっしゃい。またご見学ですか？」

何も知らないのか、トボケているのか、昨日と変わらぬすまし顔で現れた玲を、丸眼鏡《めがね》越しにジロリと睨《にら》むと、

「残念ながら、そんな好意的な理由じゃない。スポンサーは下りる」

と、朝から溜《た》まりに溜まっていた鬱憤《うっぷん》を、最後通牒《つうちょう》の形で発散してやった。

「今日かぎり、この稽古場を使うのもやめてくれ。それを言いに来たんだ」

「いきなりですねー」

細い眉《まゆ》をひそめた玲に、

「どーして断られるか、心当たりはないわけか？」

と、包帯の巻かれた手を、ヒラヒラ振ってみせる。

「それは…？」

「お宅の猫にやられたんだ」

「おやおや。だから、手を出さないようにって忠告したでしょう。野良猫《のらねこ》なんだからー」

「引っ掻《か》かれただけなら許《ゆる》せる。問題は、ケガをさせたのを知らんぷりして、出ていったことだ」

と、今朝の譲の行為を事細かに話したあげく、最後にイヤミたっぷりにつけ加えた。

「野良猫さんは、スポンサーにケガをさせても、心配一つしないらしい。いやぁ〜、見事なもんだ。素晴らしい芝居《しばい》を見せてもらったお返しに、時にはスポンサーに媚《こ》びることも必要なんだって、理解できるチャンスをあげよう。どうぞ、好きなだけ路頭に迷ってくれ」

わっはっはーと、勝ち誇《ほこ》ったような高笑いを響《ひび》かせる、若宮。

だが、玲は、怯《ひる》むどころか、呆《あき》れたように肩をすくめた。

「バカですねぇ〜」

「まったくだ。あんなバカ猫は見たことがない」

「違いますよ。バカなのは、あなた」

「……って？　何ぃぃぃ――――!?」

どこまで人をコケにすれば気がすむんだ、この兄妹ゎぁ〜！

「よくも、そこまで人を侮辱《ぶじょく》できるもんだな〜！」

「侮辱してるんじゃありません。バカだと言ってるんです。わざわざ譲を手なずけるチャンスを棒に振るなんて……」

「手なずけるチャンス……って…？」

「まあ、しょうがないですね。縁《えん》がなかったってことで……」

意味深な言葉を呟《つぶや》きながら、稽古場へと戻っていこうとする玲の肩を、

「待った———っ！」

と、一声叫びながら、若宮は押さえつけていた。

その瞬間、すでに玲の罠《わな》にハマっていると、なんとなく予感はしたのだが……。

「そのチャンスとやらを、詳《くわ》しく話してくれないか？」

中途半端に聞かされたら、よけいに知りたくなるってものだ。

「でも、譲を許せないんでしょう？」

「そりゃあ、ケガさせておいて逃げたのは、許せないけど……」

「問題はそこですね。たぶん、譲は、あなたがケガをしたことを知りませんよ」

と、見てきたように、玲は言う。

「……って、俺は、ちゃんと包帯を巻けって言ったぞ」

「引っ掻きキズに？」

「え…？」

「お話を聞くかぎりでは、譲は引っ掻いた自覚はあっても、すぐにあなたがリビングに引っ込んでしまったんで、手のひらの傷は見ていない。そうじゃありませんか？」

「……………」

なるほど、言われてみれば……。

若宮自身、切り傷があると気がついたのは、救急箱を探してる最中だった。

「さっき、あなたは、『引っ掻かれただけなら許せる』と言いましたね。譲もたぶん、それくらいなら許してもらえると、甘えたんでしょう。だから、怒鳴られる前に逃げ出した」

「……甘えた…？」

「でも、それが出血するほどの傷だとわかっていたら、対応も当然違ってましたよ」

「どう違った…？」

「だから、あなたは、血の出ている手のひらを見せて、痛いと涙の一つでもこぼしてみせればよかったんです」

「何ぃ……!?」

「あれは野良だけど、賢《かしこ》い猫です。自分のために餌《えさ》を用意してくれた人間をキズつけたとわかれば、ちょっとはすまないと思うはずです」

そこで言葉を切ると、玲は、ズイっと若宮の耳に唇《くちびる》を近づけ、妖《あや》しく囁《ささや》いた。

「キズロ、嘗《な》めてくれましたよ」

女だとわかっているのに、背筋に甘い痺《しび》れが走るほどの魅《み》惑《わく》的なセリフを。

「なっ――!?」

瞬間、若宮の脳裏《のうり》に、手のひらの傷を譲に嘗めとってもらっている図が、パァァァ――ッと総天然色《そうてんねんしょく》で浮かんでしまった。

(そ…それっていいかも～♡)

思わずドギマギして、頬《ほお》まで染めてしまう乙女な男だった。

「でも…、そんなの、君が勝手に思ってるだけだろう?」

「そうでもないと思いますよ。猫なら心はありますからね。これが彫刻とかになってると、さすがに動いたらホラーになってしまうから、ちょっと期待できないけど」

本気なのか、ふざけているのか、玲の言葉はいまいち信憑性《しんぴょうせい》に欠ける。

「なんか、怪《あや》しいなあ。あれこれ言いくるめようとしてるだろう」

「言いくるめたいのは山々なんですが。こちらも、それほど余裕がない状態でして」

「余裕がない、君が?」

「譲がスランプでして。ちょっとこのままじゃあ、公演に響くかもって感じでね」

「スランプ…?」

「荒れてるんですよ。あなたを引っ掻いたのも、そのへんのイライラが高じたあげくだと思いますよ」

「イライラしてるのか、あれで？」

「もうキレまくり。稽古場、覗いてないんですか？」

「いや。譲は見てない」

とたんに、玲は相好《そうごう》を崩《くず》して、バンと若宮の背中をどついた。

って、おい、それのどこが、兄のスランプを心配している妹の態度だ。

「見なきゃあ。あんなサイコーに面白《おもしろ》い見せ物ー」

「いいよ、今日はー。顔、合わせたくないから〜」

と、イヤがる若宮を、玲は女とも思えぬ馬鹿力《ばかぢから》で、稽古場の中に引きずり込んでいく。

分厚い鉄の扉の中に1歩入り込んだとたん、若宮の耳に飛び込んできたのは、とぉーっても不快な男の声だった。

「あれぇ、お客様か〜？　おいおい、タダ見は困るぜ。ちゃんとお代は払ってくれよ」

と、どう聞いても、それは有栖川《ありすがわ》拓《たく》の声だった。

一瞬、あたりを見回したが、どこにも拓の姿はない。

代わりに、稽古場の中央に立っていた譲が、若宮を指さして怒鳴ったのだ。

「あんただよ、あんた。どこに耳つけてんだよ〜」

「スポンサーだからって、四六時中《しろくじちゅう》顔を出されちゃ、気が散るんだよ。芸術家のデリケートな感性、わかってんのー？」

「…………って……☆」

「……え…？」

あんまり驚いて、何を言い返していいのかもわからない。

譲がしゃべってる。

昨日の寡黙《かもく》ぶりがウソのように。

乱暴で下卑《げび》た物言いで、しゃべりまくっている。

それも、どう聞いても、拓そのものって声でだ！

いくら兄弟といえど、こんなに似ているとは。

声質も口調もソックリなら、内容もいかにも拓が言いそうなことだ。

若宮、呆然自失《ぼうぜんじしつ》――――…☆

そりゃあ、兄弟なんだから、似てても不思議じゃないけど。

まさか、寡黙な演劇青年だと思っていた譲が、一皮剝《む》けば拓のそっくりさんだったとは。

百年の恋も冷めるとは、このこと。

これなら、まだ猫の唸《うな》り声の方がマシだったと思えるほど不愉快《ふゆかい》な声に、うんざりと顔をしかめた。

（つまりは、いいのは顔だけってことか……!?）

よくもまあ、一晩いっしょにいた相手に、この本性を隠していられたものだと、呆れるとか、腹が立つとか通り越して、メッチャ哀《かな》しくなってくる。

もう完璧《かんぺき》に脱力状態だ。

（やっぱり、理想の男なんていないんだ……）

顔のいい男ほど、自惚《うぬぼ》れが強く、傲慢《ごうまん》なのだと思い知らされた気分だ。

これでもう、スッパリこいつらとは手を切ろうという気にはなれたものの、心は沈んでいくばかり。

見るも無惨《むざん》に肩を落とした若宮の横で、玲は何がおかしいのか、笑いを堪《こら》えている。

「似てるでしょう、拓に」

「ムカつくほどソックリだね。兄弟ってのは、ここまで似るもんか？　あれなら、しゃべらない方がずぅーっとマシだ」

「どうも、最高の褒《ほ》め言葉を」

「誰が褒めてるってー？」

「声帯模写《せいたいもしゃ》は、譲の特技の一つですから」

「……え…？」

「猫の唸り声、聞いたんでしょう？　引っ掻かれたくらいなんだから」

と、玲は、若宮の包帯を指さしてくる。

「そりゃあ、聞いたけど……」

いったい玲は何を言っているんだ？

と、戸惑《とまど》う若宮の耳に、拓ソックリの譲の声が飛び込んでくる。

「おい、コソコソ何を話してんだ、そこー！」

「見事な声帯模写だって、褒めてるんだよ」

玲が、ふざけたように返す。

「お前に褒められても、嬉《うれ》しかないなー。どうせ、腹の中で笑ってるくせによ」

「本物なら笑ってやるよ。こちらのお客さんがショックを受けたらしいから、拓のモノマネはそこまでにしておけ」

「なんで俺がいちいち、客の顔色うかがわなきゃならねー？」

口の歪《ゆが》ませ方、流し目の使い方、尊大《そんだい》な仕草《しぐさ》、どれも拓のそれと瓜《うり》二つだ。

が、今、玲は何と言った？

声帯模写？

拓のモノマネ？

それって――……。

「だからー、いいかげんバカの一つ覚えはやめておけ。無能の証《あかし》になるぞ」

玲が吐き捨てると、譲は、ニヤと口角《こうかく》を上げて、これまた拓を思わせる表情を作る。

「だったら、こんなのはどーだ？」

パンと一つ手を叩《たた》くと、その場で一回転。

再びこちらに向いた顔は、それまでとは打って変わって、妙《みょう》に悩ましい色香《いろか》を発している。

腕を組んで、腰にしなを作り、微《かす》かに開いた口から発せられたのは……。

『いいかげんバカの一つ覚えはやめておけ。無能の証になるぞ』

声音《こわね》も調子もそっくりそのままの、玲のモノマネだった。

とたんに、玲が、不快も露《あらわ》に眉根《まゆね》を寄せた。

「おい、なんの冗談だ、それは」

『おい、なんの冗談だ、それは』

同じセリフ、同じ声の応酬《おうしゅう》が、玲と譲の間で交わされる。

これには、若宮だけでなく、メンバー一同も呆気《あっけ》にとられている。

「やめろ。私を怒らせたいのか？」

『やめろ。私を怒らせたいのか？』

「譲……！」

『譲……！』

信じられない。

いくら女にしては低いとはいえ、拓の声とは明らかに違う玲の声音を、譲はなんなく再現しているのだ。

「ウソ…、ちょっとー。なんだよ、これぇ…!?」

パニクる若宮に向かって、玲は顔を寄せると、今度こそ譲に聞こえないように、ひっそりと囁《ささや》いた。

「だから、譲の特技だって言ったでしょう。声帯模写は」

「じゃあ、さっきのあれって…、マジ、拓のマネだったのか?」

「そうですってば。譲の声は、無愛想《ぶあいそう》だけど、もっと甘いバリトンですよ」

「……ウソだろう…!?」

再び譲に視線を向けた瞬間、若宮は信じられないものを聞いたのだ。

『……ウソだろう…!?』

と、譲の口から発せられた、なんとも情けない若宮自身の声を――…。

*

その夜、10時を回っても譲は帰ってこなかった。

稽古が長引いているのだろうか?

シャワーをすませ、プライベートな顔に戻った若宮は、バスローブ姿のまま、キッチンで酒のつまみの生ハムを切っていた。

「人間ってのは、マジで色々なことができるもんだなぁ〜」

昼間のことを思い出し、ついつい感嘆《かんたん》の呟《つぶや》きを漏《も》らしてしまう。

玲が言ったように、あんな面白い見せ物はなかった。

譲一人で『モノマネ大会』をやっているようなもので。

拓や玲なら、兄弟だから、似せるのもたやすいように思えるが。

若宮自身の声マネを聞かされた時には、マジでその場で腰を抜かしてしまった。

さらに、アニメのヒーロー、有名俳優、歴代総理大臣の演説へと続き、最後は演歌の大熱唱ときたもんだ。

『川の流れのように』を朗々《ろうろう》と歌い上げて締めくくったその妙技《みょうぎ》は、マジで脱帽《だつぼう》ものだった。

思わず知らず、拍手喝采《かっさい》を送ってしまった若宮は、玲に突きつけた最後通牒《つうちょう》を、喜んで翻《ひるがえ》したのだった。

——だが、しかし。

落ち着いて考えると、なんとなく誤魔化《ごまか》されてしまったような気がしなくもない。

結局、色々モノマネは見れたけど、譲自身の声は聞けなかった。

出逢《であ》ってまだ2日、とはいえ、一晩いっしょにすごした人間の素顔や声を、まるでうかがい知ることができないなんて。

いや、たぶん、譲が見せようとしなかった、と言った方が正しいだろう。

玲は、猫の譲にも心はあると言った。

だから、母親からはちゃんと餌《えさ》をもらう譲が、玲には牙《きば》を剝《む》くと。

だったら、警戒心《けいかいしん》丸出しの野良猫の姿と、稽古場で見せたモノマネの連続は、若宮に自分を見せたくないという譲の心情を表しているのではないだろうか。

「まあ、いいけどね。何も期待なんてしてないから……」

キレイに切り分けた生ハムを皿に並べると、まだ半乾《はんがわ》きの髪をガシガシとタオルで拭《ふ》く。

生まれつき髪の色が薄いこともあって、ドライヤーは使わない。

シャワーを浴びた後の前髪を下ろした顔が、若宮にとっても素顔なように、外面とプライベートを使い分ける二面性は、人間なら誰しも持っているものだ。

他人にズカズカと踏み込まれたくない。

大事な人にしか見せられない。

そんな部分は、誰にでもある。

——が、譲には、外面さえもない。

見せられたのは、動物と他人のモノマネだけだ。

演技以外の顔を持たない男。

そんな男に興味を持つこと自体、どうかしてる。

好きも嫌いもない。

顔以外、何一つ知らない。

演劇バカだってことだけは、イヤってほどわかったが、それ以外は雲をつかんでいるように虚《むな》しいだけの存在だ。

もちろん、あそこまで何かに夢中になれるってことは、それだけでたいした価値だとは思うし、たとえ性格がどうあれ、ルックスだけでも十分好みなのだが。

それでも、心の欠片《かけら》も見せてくれない男に、どうやって接すればいいのだろう？

鬱々《うつうつ》と、そんなことを考えていた時、インターフォンから来客を告げるブザーが鳴った。

譲だった。モニターでそれを確認して、ロックを解除する。

「レンズ越しの顔は、ちゃんと普通の人間なのにな」

呟きながら玄関に向かう。

2～3分ほどして、ピンポ――――ンとチャイムが鳴る。

「この間に、また猫に変身してるんだろうなー」

と、思いながらドアを開けた若宮は、自分を見下ろしている男の姿に、一瞬ビックリと仰《の》け反《ぞ》った。

そこに、譲が、二本足で立っていたのだ。

どうやらまだ人間のようだが、今度はどこのどなたに扮《ふん》しているのやら。

「で、お前はいったい誰なんだ？」

ムッツリと訊《き》いた若宮の顔を、譲はしばし訝《いぶか》しげに見つめていたが、やがてゆっくりと口を開いた。

「……あんた、ホントに拓と同《おな》い歳《どし》か？」

よく響くバリトンで、ポツリとそれだけ。

瞬間、叩きつけるようにドアを閉めていた。

「ふ…ふざけるなっ！」

と、叫びながら内鍵《かぎ》をかけ、そのまま足早にリビングへと戻る。

「どーせ女顔だよ。25にしては童顔だよ！」

4つも年下のクセに、10センチも上から見下ろして、

『ホントに拓と同い歳か？』

だって〜？

「失礼もここまでくると、腹を立てるのもバカバカしくなってくるな〜」

ドッカリとソファーに腰掛けたところで、あれ、と気がついた。

「……声…、あんなだったか…？」

夕方聞いた、拓や玲のモノマネとは明らかに違っていた。

むろん、猫の鳴き声でもない。

……もしや……？

「あれが…、あいつの声か……？」

『ホントに拓と同い歳か？』

たったそれだけなのに、妙に印象《いんしょう》に残る声。

玲が言っていた通り、無愛想だけど、よく響く甘やかなバリトン。

さっきのは、誰のモノマネでもない。演技でもない。

「あれが、素《す》の譲か――…!?」

叫んだ時には立ち上がっていた。

慌《あわ》てて玄関にとって返し、ドアを開けるが、すでにそこに人影はない。

「おい、譲、いないのかっ？」

静まりかえった廊下に問いかけると、足下で何やらモゾリと動く気配《けはい》がした。

視線を下ろしたとたん、四つ足で部屋の中に駆け込んでいく譲の姿が見えた。

「おいっ…!?」

夢中で後を追うと、すでに猫化しているらしい譲は、まっしぐらにキッチンへと飛び込んでいく。

四つん這《ば》いになったまま、顔を流しの上に向け、ふんふんと鼻を鳴らしている。

そこに、生ハムの皿が置いてある。

どうやら、それを狙《ねら》っているらしい。

「おいおい、最高級の生ハムだぞ。キャットフードを食うんじゃなかったのか？」

からかい半分に呟《つぶや》きながらも、譲を避《さ》けるように大回りして、ハムの皿を手に取ると、二度の失敗はゴメンだとばかりに、2メートルほど離れた床の上に置く。

そのままキッチンから出て、リビングのソファーに腰掛け、何気に新聞など読むフリをしつつ、コッソリと横目で譲の様子をうかがう。

周《まわ》りを警戒しながらも、譲はジリジリと皿に近づいていく。

匂《にお》いを嗅《か》ぎ、前足で突っつき、食べ物を確かめる仕草など、まさに猫そのものだ。

やがて意を決したようにハクリと口に含むと、その場に座って食べ始める。

「ふ～っ……☆」

とたんに、息を止めていたことに気づき、若宮は大きく胸を上下させた。

「なぁにしてるかなぁ～」

夢中で野良猫に餌《えさ》をやってる自分に気づいて、呆《あき》れてしまう。

「あれは猫じゃないって……」

だが、先ほど聞いたあの無礼な一言だけで、譲の素顔は消えてしまった。

後には、人間不信の野良猫が残るだけ。

それでも、昨夜は何一つ口にしてくれなかったのに、今日は若宮の差し出した皿からハムを食べてくれてる。

たったそれだけのことが、妙に嬉《うれ》しいのは何故《なぜ》だろう？

ウズウズと、心がくすぐったくなってくる。

一晩で警戒心をここまで解《と》いてくれた、なんて、思う方がバカだ。

あれは猫じゃない。

ただの演技だ。

ちゃんと頭で考えて、こっちの気を惹《ひ》くような芝居をしてるだけ。

ただ媚《こ》びるより、最初はサイテーの出逢いを演出した上で、それが少しずつ好転していく方が、より印象深いってことを心得ているのだろう。

見事に計算された手に踊らされているのだ。

なのに……、嬉しい。

ここに、確かに、無性《むしょう》に喜んでいる自分がいる。

「バッカみたい～」

呟きながら、でも、遠くからでも、その姿を見るのはやめられない。

やがて、ハムを食べ終えた譲は、昨夜の寝床に戻っていく。

「おっと、タオルケットだ」

慌てて寝室からタオルケットを取ってきて、廊下に出る。

そのドン突きで、うずくまっている譲が、ピクと身動《みじろ》いだ。

「ほら。これを渡すだけだ」

ゆっくり、脅《おど》かさないように手を伸ばし、なるべく譲のそばに置く。

「あとで、夜食用にサンドイッチでも作っておいてやるよ。食べるもよし、食べないもよし。好きにすればいい」

それだけ言って、後ろ髪を引かれる思いでリビングに戻る。

そばにいれば、警戒した譲は、決してタオルケットを使おうとしないだろう。

やっと、そーゆーことがわかってきた。

本当の野良猫に接するようにすればいいのだ。

だから、これ以上は近づけない。

近づけば、すぐに逃げるだろう。

逃がしたくはない。

せめて触れられるくらい近くに行きたい。

この距離が、少しでも縮《ちぢ》まってくれないだろうかと望んでいる。

もっと知りたい。

あの男の、本当の顔を見たい――!

もうすでに囚《とら》われているのだとわかるまで、さして時間はかからなかった。

メンクイの若宮を満足させるにあまりある容姿を持つだけでなく、夢と理想に溢《あふ》れ、強い意志を持って突き進んでいる、しなやかで逞《たくま》しい青年。

今まで憧《あこが》れた男達の延長線上に…、いや、最高峰にと言った方がいいだろうか、譲は立っているのだ。

(一目惚《ひとめぼ》れってヤツか…)

つまりは、そーゆーことなのだ。

父親の会社に入社して、早3年。

ずいぶん非道になったつもりだったけど、純情な部分は情けないほど学生の頃のままだと思い知らされる。

何年ぶりかの甘いときめきに、虚《むな》しい期待が再燃する。

もしかしたら、今度こそ、これは奇跡の出逢いではないのかと。

ついに、心通わすことのできる、本当の恋が訪《おとず》れたのではないのかと。

ドサリとソファーに腰を下ろし、しばし夢の余韻《よいん》に浸《ひた》っていたが、

「いや……、違う……」

やがて、自分に言い聞かせるように、呟いた。

「期待しすぎるな……！」

奇跡など、そうそう転がっていない。

世の中は、ギブ・アンド・テイクの、利害関係で成り立っているのだ。

若宮はスポンサー。

譲は援助を受ける側。

そもそも平等な関係ではないのに、純粋な恋など育つはずがない。

利用価値があるからこそ、譲は、それに見合った演技をしているだけなのだ。

なのに、それでもいいと思っている。

(俺だって、最初にこの部屋に連れ込もうと思った時から、自分の立場を利用しているんだ)

お互い様だ。

今さら純情ぶって、損得《そんとく》抜きで付き合ってくれなきゃイヤだなんて言わない。

譲が、少しでも近づいてくれるなら、それでいい。

それが、あくまでスポンサーを喜ばせるための演技でしかないとしても。

いつかは消える泡沫《うたかた》の夢であろうと。

恋焦《こ》がれる気持ちだけは、最後に残された希望なのだから――……。

＊

翌朝、朝陽の差し込むキッチンで、若宮は驚くべき光景を目にして、佇《たたず》んでいた。

まず食べないだろうと思いながらも、譲の夜食にと作っておいてやったサンドイッチが、それを載《の》せていた皿ごと消えていたのだ。

むろん、譲が皿まで食ったわけではない。

それはキレイに洗われて、食器棚の中に戻してあった。

猫がそんなことをするはずはないから、当然サンドイッチを食べたのも、皿を洗って片付けたのも、譲本人だったわけで――……。

「ちくしょう～、見逃したぁっ！」

と、地団駄《じだんだ》踏んでも後の祭り。

その時、ガチャッと玄関の戸が開いた気配がした。

「譲…！」

慌てて廊下に飛び出すと、玄関から出ていく譲の後ろ姿が、チラと目に入った。

その後を追って、ちょっとカッコ悪いなと思いながらも、パジャマ姿のまま玄関から顔だけ出して譲の名を呼ぶ。

が、譲は若宮の声に応《こた》える様子などなく、ズンズンとエレベーターの方に向かって、足早に去っていってしまう。

「あ〜あ……」

と、虚《むな》しくこぼれる、ため息一つ。

玄関を出たとたん、譲は、獣《けもの》の仮面を脱ぎ捨て、最初の日、たった15分の道のりを異様に長く感じさせた、あの沈黙モードに入ってしまうようだ。

だが、この調子なら、今夜こそ素《す》の譲が見られるかもしれないと、ムクムクと期待と好奇心《こうきしん》が湧《わ》き上がってきてしまう。

昨日まで唸《うな》り声しか聞かせてくれなかった野良猫が、餌を食べてくれたってだけでなんとなく嬉しい気分になるのに、それが人間に変身してくれるとなったら、どうあっても見たいと思ってしまう。

どうしたら、それを見ることができる？

若宮は、檻《おり》の中の熊《くま》さんのように、グルグルと部屋の中を歩き回りながら思案を巡《めぐ》らす。

——譲の傾向と対策——。

その1、人前では、黙しているか変身している。

その2、路上のように不特定多数の人間がいるところでは、沈黙モードに入る。

その3、部屋の中では、家主の目を盗んで人間化しているようだ。

それから導き出される答えは。

「よ〜し。今夜は徹夜で、ドアの陰《かげ》から覗《のぞ》いてやるぞぉ〜！」

と、右手をグーに握り締める。

その行動がすでにストーカーの域《いき》に達していることに、未《いま》だ気づかない若宮だった。

＊

それから毎日、若宮は、人間様が両手で食べることを念頭において、譲の夜食と朝食を作り続けた。

たとえば、おにぎりを三つ。中身は定番の、梅干し、オカカ、シャケ。それに漬《つ》け物を添《そ》える。

たとえば、ハンバーガー。無農薬のトマトにレタス。ハンバーグも、粗挽《あらび》き肉を練って作った、自信作。

あれこれ工夫して、そしてウトウト微睡《まどろ》みながら寝室で、その時を待つ。

夜中に何か気配がするたびに飛び起きて、ドアの隙間からコッソリと覗き見る。

が、いっこうに譲が食事をしているシーンには、お目にかかれない。

なのに、朝になれば、皿はキレイに片付けられている。

今日こそは、今日こそはと、手を使って食べられそうな物を作っては、寝室で耳をすまして気配を探る。

だが、物音に誘われて覗いても、いっこうに譲の姿を見ることはできない。

「あいつ…、いったいいつ食ってんだよぉ～？」

と、疑問に思いながらも、張り込みを続けて10日あまり。

ついに、寝不足がたたって仕事場で眠りこけてしまった若宮は、兄からたっぷりとお小言を食《く》らうにいたって、

「俺には、探偵業は無理だ……」

と、ようやく白旗を揚《あ》げたのだった。

＊

その日、大学で講義を受けていた有栖川玲は、携帯に飛び込んで来た若宮からのＳＯＳメールを見て、やれやれと呟《つぶや》きながらも、指定された喫茶店に足を運んだ。

性別不明の妖艶《ようえん》な美貌《びぼう》は、今日も健在。

１歩、入った瞬間、男女かまわず店中の視線を集めてしまった。

それに引き替え、先に来て待っていた若宮は、営業用の顔はどこへやら、目の下のクマを前

髪で隠しているって、なんとも情けない有様《ありさま》だ。

　ダテでかけてる丸眼鏡も、今は疲れた印象をかもし出すアイテムに成り下がっている。

（てめー一人だけ、涼《すず》しい顔しやがってぇ～☆）

　若宮は、やっかみ半分で、たっぷり10日分の文句をぶつけてやった。

　玲は、店自慢のブレンドをブラックで味わいながら、それを聞いていたが、やがて、若宮の勢いがなくなったのを見定めると、

「譲の生態は、我が家でも謎の一つでして。まだ十分に解明されてないんですよ」

　と、まるで絶滅危惧種《ぜつめつきぐしゅ》の話でもするように、しかつめらしい顔で言ったのだ。

「生態って…、君ねー、生まれた時からいっしょに暮らしてるんだろう？」

「それはそーですけど。その大半は、あいつは人間じゃなかったもので」

「なるほど……」

　ため息混《ま》じりに、若宮は鬱陶《うっとう》しく垂《た》れ下がった前髪を掻《か》き上げる。

「いったい、いつから、あんなふうになったんだ？」

「私の記憶にあるかぎり……」

　と、玲はしばし考え込んでから、こう答えた。

「幼稚園の年長組で、浦島太郎《うらしまたろう》の鬼の役をやった頃からですね。譲は、毎日鬼の稽古をしながら、もっと怖くて強い鬼をやるにはどーやったらいいのか、親父《おやじ》様に訊いてましたっけ」

「譲が幼稚園の年長組って…、君はその時、いくつだよ？」

「2歳でしょうか」

「にっ…!?」

と、声を詰《つ》まらせたまま、若宮はマジマジと玲の顔を見やる。

「ちょっと待て。ふつー、2歳児の記憶ってあるもんか？」

「さあ、そのへんの凡人《ぼんじん》は知りませんが、私にはあります。本番のお遊戯《ゆうぎ》会の時も、お袋さんに連れられて、膝《ひざ》の上に抱かれて見てました」

「…………☆」

悪かったね。そのへんの凡人でー。

2歳の時の記憶なんか、なぁーんにもないよ。

いや、うっすらあるような気はするが、それだってきっと、両親や兄弟から聞いた幼い頃の話を、勝手に自分の記憶だと思い込んでいるだけなんだろう。

でも、玲の場合、マジで2歳の時の記憶があっても不思議じゃない気がする。

苦々《にがにが》しく思いながらも、今は、玲のそのずば抜けた頭脳に頼るしかないのだ。

「じゃあさ、君の記憶が確かだとすると、譲は5歳の頃から、ああだったってことか？」

「子供の頃は、もう少しマトモでしたよ。少なくとも学校に行っている間は、それなりに人間やってたようですからね。それでも、高校あたりの頃は、もう完璧に変人あつかいされてましたよ」

「普段、会話をすることってあるのか？」

「稽古中はしてますよ。意思疎通《そつう》をしないと、舞台は作れませんから。それでも、不言実行タイプだから、話を聞いてる方が多いですけど」

「演劇のこと以外は？」

「それは…、年に5〜6回あれば、いいくらいですかね」

「マジかよ〜☆」

「10日も毎晩譲を観察してたんでしょう。私がウソを言ってると思いますか？」

「………」

いや、確かに、あの譲なら有り得るかもしれないと思う。

思うが——…。

「自宅での食事はどうしてたんだ？　まさか、いつもキャットフードってわけじゃなかったんだろう？」

「そりゃあそうです」

「よかった」

「ドッグフードの時もありましたから」

「おい〜☆」

「実際、ここ何年か、譲が食卓についてるのを見たことがありません。それでも、あれだけデカくなったんだから、さほど心配する必要もないでしょう」

と、なんともお気楽な妹なのだ。

「つまり、君の前では、ほとんど素《す》には戻らないってことか？」

「私だからよけいなんじゃないですか。今さら素になられても、話すこともないですから。まだ、拓や凜《りん》の方が見てるんじゃないかな。そのへん、やっぱり男兄弟同士ってことでー」

「凜ってのは…？」

玲の口から飛び出した、聞き慣《な》れない名前に、若宮は身を乗り出した。

「譲のすぐ上の兄です。年子なもんで、同じ学年だったたし。たぶん一番、譲が本性を見せてるのは、凜だと思いますよ」

「年子…ね。やっぱり演劇をやってるの？」

「いいえ。凜はちょっとワケありで、一人だけ道が逸《そ》れましてね。舞台美術をやってます」

「舞台美術……ねぇ……」

オウム返しに呟いてはみたものの、舞台美術なるものが、実際何をやるものなのかはサッパリわからない。

だが、譲の素顔を一番見ているという、凜という兄は羨《うらや》ましいかぎりだ。

ボーッと、そんなことを思っていると、

「ねえ、若宮さん」

と、玲が妖《あや》しい声音《こわね》で囁《ささや》きかけてきた。

今までの経験上、何やらイヤーな予感を誘うその声は……？

「そんなに譲の素顔を見たいんですか？」

目の前に、この世の物でもないような、底知れぬ闇《やみ》をたたえる瞳《ひとみ》がある。

「————!?」

緊張と不安に、ゴックンと若宮の喉《のど》が鳴る。

これはヤバイ。

これはマズイ。

わかっているのに、目が離せない。

濡《ぬ》れ光る唇《くちびる》が、心揺らす提案を告げてくる。

「どうしてもとゆーなら、ご協力して差し上げますよ」

それは、人間を堕落《だらく》させる魔女の誘い。

聞いてはいけない。

ノッてはいけない。

でも、10日あまりの寝不足のあげく、それでも見られなかった譲の素顔を、本当に…？

その誘惑《ゆうわく》に逆《さか》らえる人間がいるだろうか？

いや、いるわけがないっ！

「むろん、タダってわけにはいきませんが」

当然のように引き替えを要求する玲の声に、すでに夢心地《ゆめごこち》の若宮は大きく頷《うなず》いていた。

4　譲の大事な人

譲《ゆずる》の素顔を見せることと引き替えに、玲《れい》が出してきた条件は一つ。

今度の公演は前宣伝もしないし、あまりに難解すぎて一般人にはわかりづらく、たぶん口コミで客を呼ぶこともできないだろう。

いくら玲と譲に信奉《しんぽう》的なファンがついていても、2週間もの公演中、劇場を満席にするのはとうてい無理だ。

最終的な収支《しゅうし》が赤字になるのは目に見えているから、その損失分を補《おぎな》ってくれという、なんとも身勝手なものだった。

なのに、若宮《わかみや》は、父親にも相談せずに勝手に承諾《しょうだく》してしまった。

いざとなれば自腹を切ってもいいと思うほど、譲の素顔が見たかったのだ。

——が、それがまさか、こんな形で実現するとは。

玲の言うことなど信じた自分がバカだとは思いつつ、それでも若宮は、思いっきり詐欺《さぎ》だと叫んでやりたかった。

玲に指定された日時に、今日こそ譲の素顔が拝《おが》めると、心躍《おど》らせて稽古場《けいこば》にやってきた若宮を襲《おそ》ったのは、それまで密《ひそ》かに育てていた恋心を根こそぎむしり取るような、大、大、大ショックだったのだ。

＊

若宮が稽古場に入った時、そこは妙《みよう》に重苦しい雰囲気《ふんいき》に包まれていた。

譲を中心にメンバー全員が輪になって、何やら深刻げに相談している周《まわ》りを、玲一人が、脚本を手に歩き回りながら、

「だからー、脚本を直すのが最善だって。そんなに手間じゃない。ようは、ナレーション役のパールヴァティーのセリフを、変えればいいだけだ。私の役だし、覚え直すのもそれほど苦じゃない」

と、滔々《とうとう》と脚本の変更を主張している。

スランプだという譲は、完璧《かんぺき》に沈黙モードに入り込んでいて、はたして皆の意見が聞こえているのかさえ疑問だ。

門外漢《もんがいかん》の若宮は、邪魔《じやま》にならないように、入り口近くのパイプ椅子《いす》に腰掛けた。

今日は髪も整え、だて眼鏡《めがね》をかけ、ダークな色合いの集金対策用スーツで、威圧感《いあつかん》たっぷりに決めている。

それが、淀《よど》んだ空気を、さらに重くしていくような気がしてくる。

（なんか、ちょっと、若作りした方がいいみたい……）

コソコソと上着を脱ぎ、眼鏡を外し、前髪を下ろし、若宮なりに柔らかいイメージを演出しようとしていた時――……。

鉄製のドアが開いて、場の雰囲気を一変させるような超明るい声が、外からの風といっしょに飛び込んできた。

「ヤッホー。みんなー、差し入れだよぉー」

瞬間――……、譲がピクと顔を上げた。

ゆっくりと振り返るその背中に、差し入れの紙袋を持ったボーイッシュな雰囲気の少女が、無邪気《むじゃき》に飛びついていく。

「譲ー、頑張《がんば》ってるー？」

状況が把握《はあく》しきれないのか、譲はしばし呆然《ぼうぜん》としていたが、背中に感じる温《ぬく》もりにつられるように、険悪《けんあく》だった表情を和《やわ》らげる。

「………何しに…？」

それは、確かに、たった一度、若宮が聞いた譲の声だった。

「何しにじゃないでしょう。差し入れだってばー。おにぎりと、サンドイッチ。作ったのは俺だから、味の保証はできないよー」

一人称が『俺』ってことは、少女に見えたが、どうやら男のようだとデータを修正する。

「おっ。さすが凛《りん》君、気が利《き》いてる～。ちょうど腹ぺこだったんだ」

あっちこっちから、メンバーの手が伸びてくる。

(凛って？　譲の年子の兄貴の名前じゃないか。じゃ、あれが有栖川《ありすがわ》家の残りの一人か…)

それは、凛がかもし出す、有栖川家特有の美貌《びぼう》からも推察《すいさつ》できた。

「稽古場には来るな」

譲が、困り果てたような、それでいて、はにかんだような表情で、背中にへばりついている凛を引き剝《は》がす。

「あー、また俺だけ仲間はずれにしてるー」

凛は、お兄さんのクセに、やけに甘ったれた声で譲に反抗する。

言葉もなく、戸惑《とまど》いながら、乱れた髪を掻《か》き上げる、譲。

それこそが、若宮が、あれほどまでに見たいと望んでいた譲の素顔に違いない。

突然の凛の出現に、明らかに狼狽《ろうばい》している姿こそが――…！

(でも、あれが、ホントに譲の兄貴だってぇ……!?)

身長は、若宮より低い。

華奢《きゃしゃ》なウエスト、細い手足。

声は、変声期前の少年のようだ。

軽いウェーブを描いたテンパに、大きな瞳《ひとみ》、サクランボのような唇《くちびる》。

何もかも魅力的な素材で形成された顔は、だが、男とわかった今でも、やっぱり美少女に見えてしまう。

それが22歳で、譲の兄？

むしろ、玲の妹と言われた方が納得できる。

が、その玲が男装の麗人《れいじん》なのだから、女に見える凜が男でも、なんら不思議はないのかもしれない。

恐るべし、性別さえ超えた有栖川一族！

だが、若宮がショックを受けたのは、そのことじゃない。

凜に抱きつかれて戸惑う譲の顔に見えてしまった、深い深い想《おも》いだった。

一度も見たことのない顔で。

一度も聞いたことのない声で。

「もー帰れ」

ブッスリと呟《つぶや》く。

だが、凜は見かけによらずしっかりしているのか、兄弟としての甘えの延長ではなく、キッパリと自分の立場を主張する。

「ダメ、帰らないからねー。俺、ちゃんと用があって来たんだから。玲から聞いてない。俺、今回の舞台装置を作ってくれって頼まれちゃったの」

「何…？」

「予算ないんだってー。だから、空間デザイン学科の連中に相談したの。みんな面白《おもしろ》そうだから、無料奉仕で協力してくれるってさ。優しいお兄さまに感謝しろよな」

ウキウキと自分の手柄《てがら》を語る凜と対照的に、譲の顔がどんどん険《けわ》しくなっていく。

その両目は、計画参謀《さんぼう》の玲を睨《にら》みつけている。

「しかたないだろう。予算が足りないんだってー。身近に舞台美術の勉強をやってるヤツがいるのに、見逃《みのが》す手はないだろう」

と、玲は、当然のようにすらっトボケる。

「だいたい、私とお前の初共演なのに、凜だけのけ者にしちゃあ、可哀相《かわいそう》だろ」

「それがホンネか？」

「私の行動には必ず裏があると思うのは、いくらなんでも失礼じゃないか？　とにかく、今回ばかりは、お前の意見は却下《きゃっか》だ。はい、多数決！　凜に『神々はかく語りき』の舞台美術を任せることに賛成のヤツ、挙手《きょしゅ》してくれ」

当然、譲以外のメンバーすべての手が挙《あ》がる。

「嬉《うれ》しいだろ、譲。凜君がいっしょにいてくれてー」

「これでスランプ解消かもねー」

メンバー達は、ニヤニヤ笑いを嚙《か》み殺し、からかいの色を浮かべながら、譲を突っつく。

たったそれだけのやり取りで、凜というこの兄が、譲にとってどれほど大事な存在かってことがわかってしまった。

ああ……。

と、若宮はため息をつく。

ああ、そーゆーことか、と。

（そうか、これが譲のタイプか……）

ドッゴォォォ――――ンと、超特大の隕石《いんせき》がぶつかったかのような衝撃《しょうげき》が、脳天どころか、身体《からだ》までペシャンコに押し潰《つぶ》していく。

これが、玲が約束した、譲の素顔か。

確かに…、確かに、見せてもらった。

だか、それは若宮に向けられたものではない。

譲の沈黙モードを突き崩《くず》し、唯一《ゆいいつ》、凜だけが引き出せる表情なのだ――…！

有栖川の一族にしては珍《めずら》しく、見る者をホッとさせるような、いい子だなーと一目で感じさせるような、素直で爽《さわ》やかな表情。

甘ったれ声にさえ、媚《こ》びの欠片《かけら》も感じられない。

拗《す》ねた顔は、リスかハムスターのような小動物を思わせるほど、可愛《かわい》らしい。

譲が魅《ひ》かれるのも当然だ。

それが兄弟としての感情でも、それ以上のものでも、魅かれないわけがない。

(俺はバカだ――…！)

いったい何を期待していたのだ？

警戒心《けいかいしん》丸出しだった野良猫が、餌《えさ》を食べてくれるようになっただけで満足するべきだったのに、それまで味わったことのないような幸運に浮かれ返って、目先のことしか見えなくなっていた。

譲の素顔を知って、何がわかると思っていたのか？

そこに、わずかでも、自分への好意を見つけられるかもしれないとでも……？

自惚《うぬぼ》れだ！

見てみろ、あれこそが譲の想いだ。

沈黙の下に隠されていた、譲の偽《いつわ》らざる想いだ。

有栖川凜、年子のその兄に対する、深い深い愛情――…！

それこそが、演劇以外に譲が大切にしているもの。

他《ほか》の誰に向けられることもない、寡黙《かもく》な心を捉《とら》えているもの。

それに比《くら》べれば……。

いや、比べることさえおこがましいが。

若宮は、一スポンサーでしかないのだ。

稽古場と、雨露《あめつゆ》をしのぐ寝床と、餌くらいは与えてやれる。

物質的な援助はできるが、この公演が終われば、その場で縁《えん》が切れる。

ただ、それだけの存在。

わかっていたはずのそのことを、これほど明確に思い知らされるとは——……。

楽しげな輪を見ているのが辛《つら》くて、若宮は、そっと稽古場を抜け出した。

地上へ繋《つな》がる階段を上がるのさえおっくうで、ヨロヨロとコンクリートの壁に寄りかかってしまう。

「はは…、笑っちゃうね……」

ついさっきまでは、譲の素顔が見れると、心を弾《はず》ませていたのに。

今、込み上げてくるのは、どうしようもない虚《むな》しさばかりだ。

どんなにしたって、凛のようなタイプになれはしない。

可能性などもともとなかった恋だけど、それでも夢くらいは見ていたかった。

知らなければ期待もできた。

だが、知ってしまったら、もう諦《あきら》めるしかない。

いっしょに暮らせるってだけでも夢のようだったのに、欲張ってそれ以上を望むから、こーゆーことになるのだ。

いいことなんか何もない。

自分の性癖《せいへき》に気づいて20年あまり。

失望ばかり味わってきた。

告げない想いは、伝わることもなく。

寄ってくるのは、SEX目当ての好奇心《こうきしん》丸出しの男だけ。

どちらからともなく自然に魅《ひ》かれ合い、恋が芽生《めば》えるなんてことは、同性愛者にはすぎた望みなのだろう。

隠れホモとして、誰にも愛されることなく。

空気のようにき薄《はく》な存在になっていくのだろう、きっと——…。

どれだけそうして、しゃがみ込んでいたのか？

「どうしました？」

降り落ちてくる声で、若宮は我に返った。

いつの間に来ていたのか、最悪の結果をもたらしてくれた魔女が、愚《おろ》かな人間を見下して、艶《あで》やかに微笑《ほほえ》んでいた。

「契約成立ですね。譲の素顔、ちゃんとお見せしましたよ」

「金は出さない」

だが、若宮はキッパリと言う。

「それは約束が違いますよ」

「約束なんて無効だ！　君の言葉など信じるんじゃなかった。譲の素顔は俺に向けられたものじゃない。譲が好きなのは、あの子だろう？」

「あの子ってのは、ちょっと凛に失礼だけど、そうですよ」

「有栖川の一族にしちゃあ、タイプが違うな」

「親父《おやじ》様が愛人に産ませた子でして、実は異母兄弟です」

「……なるほど」

そーいえば、高校時代、そんなウワサを聞いたことがあるような気がする。

有栖川家には、愛人の子供が同居しているのだと。

有名人にはありがちな話だったから、たいして気にも留めなかったが。

「まあ、愛人の子だろうがなんだろうが、どーでもいい。とにかく譲に好きな相手がいるとわかった以上、拘《かか》わる気はない。俺は諦めはいい方なんでね。あんな可愛い系が趣味じゃ、俺なんか目に入りっこない。失礼するよ」

ノロノロと立ち上がり、重い足取りで階段を上がろうとした時、

「でも、凜には、ちゃんと他に恋人がいるんですけどね」

と、再び背後から聞こえた、魔性《ましょう》の言葉。

「……………………！」

振り返ると、玲は、もうすっかり見慣《みな》れてしまった狡猾《こうかつ》な表情を浮かべていた。

「恋人が…？」

「同棲《どうせい》中です」

「同棲…って、あんな初《ウブ》っぽい顔して？　相手は年上のキャリアウーマンとかか？」

「形式としては同棲になるんですよ。結婚できない相手なもんで。相手はウーマンじゃなくてマンです。嫁に行ったのは凜の方ってわけでー」

「――――!?」

瞬間、若宮は登りかけていた階段を、ズリッと踏み外してしまった。

「やっぱ…有栖川一族だぁ～☆」

と、手すりにすがって身体《からだ》を支えながら、叫ぶ。

「だから、譲の不毛な片想いは、凜を恋人に手渡すと決めた時点で、終わってるんです」

「……でも、それまでは片想いの相手だったわけだろ？　今だって、好きだって顔に書いてあったぞ」

「そりゃあ、いくら凜に恋人がいるからって、それで嫌いになれるわけじゃないですよ。だいたい兄弟って絆《きずな》は消えないんですから」

「それだけ忘れられないってことじゃないか」

「兄弟に対する愛情を、他人がどうこう言うのは傲慢《ごうまん》ってもんですよ」

「もうー、どっちでもいいさ。俺には、可能性の欠片《かけら》もないんだ」

「可能性がなきゃ、こんなに熱心に説得すると思いますか？　この私が」

玲の意味《いみ》深《しん》な言葉には、もう散々だまされてきた。

「ハッキリ言って、君は、この世でもっとも信じるに値《あたい》しない女だと思ってる」

なのに、ついつい耳を傾けたくなってしまうのは、やっぱり譲に魅《ひ》かれているからだ。

譲の素顔は、それが凜に向けられたものであっても、想像以上に若宮の心をかき乱した。

あんなふうに、自分に向けて、戸惑った顔や、はにかんだ顔を見せてくれたら、それこそ天にも昇る気分になれるだろう。

「でも、一応訊《き》いてやろう。俺に…、どんな可能性が……？」

「まず、餌《え》付《づ》けから入ったでしょう。あれは正解ですよ。凜も、差し入れ持ってきたけど。特別料理自慢ってワケでもないのに、昔から、下手《へた》くそなおにぎりなんかこしらえて、譲に持っていってあげてましたから」

「譲って、餌につられるタイプか？」

「あれでいて、意外と単純に優しくされるのに弱いんですよ」

「ホントかぁ〜？」

「ええ。でも、時間はかかりますよ。譲が誰かに一目惚《ひとめぼ》れするってことは、まず有り得ませんから。無理強《じ》いせずに、野良猫《のらねこ》を気長に餌付けしていくつもりで接するのが、一番得策だと思います」

「気長にねー」

「ええ。今回の公演が終わるまでになんとかしようなんて、そんな短気じゃ無理です」

そう言われて、若宮にも、ようやく玲の企《たくら》みの全貌《ぜんぼう》が見えてきた。

ようは譲をダシにして金蔓《かねづる》を引き留めておこうって、そーゆー魂胆《こんたん》なわけだ。

「つまり、こーゆーことだ。譲を手なずけたかったら、この先もずーっとスポンサーを続けろって」

「ピンポ〜ン♪　いや、さすがやり手のビジネスマン一家。飲み込みが早くていらっしゃる」

「まさに鬼だな。金のためなら、兄も売るか？」

「当然でしょう。ようやく売れそうな相手が見つかったのに。この機を利用しないでどうします」

「譲なら、他にだって買いたがる女の一人や二人、いたはずだろう？」

「一人や二人どころか、掃《は》いて捨てるほどいましたよ。譲はあれでもモテるんです。高校時代から言い寄ってくる女は引きも切らずでした」

「あれでもモテるんじゃなくて、あれだからモテるんだろう。女が惚《ほ》れる理想の男の条件、ピッタリじゃないか」

「あの無愛想《ぶあいそう》男のどこがー？」

「寡黙《かもく》な男はモテるもんだ」

「寡黙すぎても？　あの奇行《きこう》が続いても？」

「…………」

確かに、ちょっと困るかもしれないが、でも、そんな譲だから尽《つ》くしたいって女はけっこういそうな気がする。

「ハッキリ言っておきます。譲には、腐《くさ》るほどガールフレンドもいました。時には、部屋に転がり込んだこともね。けど、1週間以上もったことはありません。なのに、あなたは2週間あまりも続いてる。これは過去最長記録ですよ」

「俺が…最長…？」

「ええ。たいていは女がキレる前に、譲が出ていきますね」

「譲が、自分から出ていくことがあるのか？」

「ありますよ。不愉快《ふゆかい》な人間の部屋に居続ける忍耐力《にんたいりょく》が、あいつにあると思いますか？」

「忍耐力はありそうに見えるが…」

「動かない、イコール、忍耐力、って考えは短絡的《たんらく》ですよ。譲は自《みずか》ら観客を選ぶタイプの演技者です。イヤだと思った人間の前では、演技の〈えの字〉も見せません。そんな傲慢極《きわ》まりないヤツ相手に、腹も立てず、呆《あき》れもせず、我慢してるなんて、あなたみたいなお人好《ひとよ》しはそう見つかるもんじゃない」

「誰が、お人好しだってぇ〜？」

「……あ…」

おっと、調子に乗りすぎてしまったと、玲はとっさに明後日《あさって》の方に視線を向ける。

まあ、それほど、今までの譲には商品価値がなかったってことなのだろう。

「残念ながら、俺はお人好しでもなきゃ、優しくもない。毎日毎日、譲には怒りまくってるよっ！」

「怒りまくっていても、譲はあなたの部屋にちゃんと帰っていくでしょう。それは一種の好意の表れです。私が保証しますって」

「君の保証が、一番アテにならない」

「考えてもごらんなさい。いくら凛を想ってたって、兄弟以上の関係になれないとわかった以上、凛を安心させるためにも、譲は新しい恋を見つけたいと思ってるはず。今こそ、譲につけ込む絶好のチャンスなんですよ」

ようやく見つけたお客様〜、ここで逃がしてなるものか。

手揉《も》み足揉み、舌先三寸《したさきさんずん》、搦《から》め手のかぎりを尽くして、なんとか引き留めようとする。

そんな玲の下心など見え見えだが、それでもやはり、心は揺れる。

若宮にしてみても、凛に同棲している恋人までいるとなれば、話は違う。

凛と兄弟以上の関係を持てない以上、譲だって、他に目を向けるかもしれない。

若宮がその相手になれる可能性が、全《まった》くないわけじゃないのだ。

「いいですか。譲はいつもあなたの前で何かに変身してるでしょう。それは、あなたという唯一の観客に向けて、演技を披露《ひろう》してるってことです」

「唯一の観客…？」

「つまり、あなたが望めば、それなりの演技を見せてくれる可能性があるってことです。観客に評価されなきゃ、演技をする意味がないですから」

「……それって…？」

「リクエストを出してごらんなさい。何気にね。どうせ動物になるなら、野良猫よりバター犬にでもなってみろって」

「なっ——…!?」

ば…バター犬って…、あれかー？

身体《からだ》のあちこちにバターを塗《ぬ》って、それを嘗《な》めてもらうという、ちょっと動物愛護の精神には反するが、とぉーっても気持ちよさそうなことをしてくれる犬のこと？

「きっと、訓練された利口なバター犬になって、上手に全身を嘗めてくれますよ」

「そ…そんなこと、するわけないだろう…、いくらなんでも……」

「しますよ。一言、こうつけ加えればいいだけです。『でも、プライドの高い君にはできないだろうな。たかがバター犬になるなんて』ってね」

と、玲は自信満々、耳打ちしてくる。

「できないって言われることは、演技者にとって一番の屈辱《くつじょく》だって、知ってます？」

誘惑《ゆうわく》の甘い囁《ささや》きを――…。

ああっ、こいつの言葉はどーしてこう、耳に心地《ここち》いいんだ！

聞いちゃダメだ。

引っかかってはダメだ。

(でも、バター犬……いいかも…♡)

と、あらぬ妄想《もうそう》に、髪を掻《か》きむしりながら悶《もだ》える、若宮。

もうその時点で、玲の罠《わな》にハマったようなものだ。

「なんなら、私から、譲に言ってあげてもいいですよ」

さらに迫ってくる玲から、顔を背《そむ》けるのが精一杯《せいいっぱい》。

「いっ…いいっ、これ以上、君に引っ掻き回されたくはない！」

と、慌《あわ》てて階段を駆け上がった若宮だったが、内心はバクバクものだ。

妖《あや》しい魔女の言葉が、耳の奥にクワンクワンと鳴り響《ひび》いている。

『譲はあなたの部屋にちゃんと帰っていくでしょう。それは一種の好意の表れですよ』

ホントか？　ホントにそうかー？

『リクエストを出してごらんなさい。何気にね。どうせ動物になるなら、野良猫よりバター犬にでもなってみろって』

いくらなんでも、譲を犬あつかいして奉仕させようなんて、そんな願望はない！

ないけど……、相手が率先《そっせん》してやりたがるなら、たまぁトに妄想しないこともないが。

『なんなら、私から譲に言ってあげてもいいですよ』

それこそよけいなお世話だけど、でも、玲のことじゃ勝手にやるかもしれない――……。

あらぬ期待は、失望の素《もと》とわかっているはずなのに。

世の中、そんなに上手《うま》くいくはずないのに。

もう諦めていたはずなのに。

25歳のこの年まで、誰にも身体を許《ゆる》さず、心もわかち合えず、たぶん一生独《ひと》り身なのだろうと覚悟《かくご》もしていた。

なのに、突然、目の前に、あまりに理想的な男が舞い降りてきた。

演劇一途《いちず》で、人付き合いは不得意《ふとくい》で、現在はフリー。

凜を好きなのだから、男同士ってことに拘《こだわ》るとは思えないし。まあ、凜だけが特別ってことなのかもしれないけど……、あの環境にいて、ゲイに偏見《へんけん》があるとは思えない。

そんな男が、毎日少しずつだが、自分に近づいてくれている。

それを好意と思ってしまうのは、やはり自惚《うぬぼ》れでしかないのだろうか？

蜘蛛《くも》の糸のような微《かす》かな希望だけど、すがりつくのは罪だろうか？

たとえそれが、悪魔の狡猾《こうかつ》な罠《わな》であったとしても――……。

などと、懊悩《おうのう》と妄想の狭間《はざま》にドップリと浸《ひた》り込んでいた若宮は、その日の仕事で、大チョンボをしでかしてしまうのだった。

＊

その夜、若宮は、いつになく落ち込んでいた。

目の前に並んだ夕食に箸《はし》をつけるでもなく、ひたすらウイスキーを煽《あお》っている。

「ちくしょう～☆　相変わらず手加減なしなんだから……」

オンザロック用の氷入れの中で、タオルを冷やし、まだうっすらと指の跡の残る頬《ほお》に押し当てた。

久々に兄から食《く》らった制裁《せいさい》だった。

——それは、若宮にとっては、慣れた仕事だった。

訪《おとず》れた先は、社員10人の小さな縫製《ほうせい》工場。

その工場は、とある大手スーパーからの委託《いたく》で、プライベートブランドの衣料品を製造していた。ところが、昨今よくある話だが、突然何の前触《まえぶ》れもなく、そのスーパーが倒産してしまったのだ。

秋物の衣料品は倉庫に山積みなのに、引き取ってくれる先がなくなってしまった。プライベートブランドである以上、他社に卸《おろ》すわけにもいかないし、たとえできたとしても、新たな取引先を見つけるのは、至難《しなん》の業《わざ》だ。

やむなく社長は廃業を決意した。

若宮の役目は、倉庫の中に眠る倒産処分品を格安で買い叩《たた》くことで、いわゆる『バッタ屋』というヤツを、自前でやっているわけだ。

ディスカウントショップは薄利多売《はくりたばい》。少しでも安く仕入れて、安く売る商売だ。

アタッシュケースに札束を詰《つ》め込み、運転手兼ボディーガードは、相手を威圧《いあつ》させるためにガタイのいい屈強《くっきょう》な男を連れていく。

一見優男《やさおとこ》の若宮だが、前髪を上げ、眼鏡をかけ、巧《たく》みに言葉を操《あやつ》れば、もって生まれたクールな声と容姿は、冷酷《れいこく》非情な印象《いんしょう》を与えてくれる。

相手は、すぐにでも現金が必要なはずだから、理不尽《りふじん》なほど安い値段をつけられても、目の前に積まれた札束の方を選ぶはず。

それが、この3年間で身につけた落としのテクだったのに、今日は、なんとなく、いつもの迫力が出なかった。

実直そうな社長は、自分のためでなく、社員に少しでも多くの退職金を払いたいと言った。その言葉を信じるに足るほど、もはや手放すだけになった工場の中は埃《ほこり》一つないほどに磨《みが》き上げられ、商品も最高の状態で保管されていた。

20年間、心血を注いだ工場への愛着が見えてしまったせいか、それとも、若宮の中で何かが変わってしまったせいか。

事前に兄に言われていた予算より、百万も上乗せしてしまった。

『YOUNG・LIFE』の本社であるオフィスに戻り、それを報告したとたん、問答無用《もんどうむよう》でひっぱたかれた。

平手といえど、兄はヤクザ相手にも1歩も引かない強者《つわもの》だ。

2メートルは吹っ飛んで、床に這《は》わされた。

こんな時、兄は決して容赦《ようしゃ》しない。

最近のお前はなってないと。

仕事に身が入ってないと。

したたか説教を食らったあげく、今日はさっさと帰って頭を冷やせと追い出された。

部屋に帰って鏡を見て、帰された理由がわかった。

頬にくっきり指の跡が残っていた。この顔じゃあ客商売は無理だ。


「俺もヤキが回ったなぁ……」

冷やしたタオルを頬に当てながら、出来合いのコロッケに箸を伸ばすが、なんだか口を開けるのもおっくうだ。

食べるでもなくチョンチョンと突っついていた時、エントランスから来客を知らせるブザーが鳴った。

譲だった。

ロックを解除して玄関に向かい、インターフォンが鳴ったのを合図に、ドアを開ける。

「おかえり」

ここまでは、いつもと同じだった。

が、勝手に入ってくるはずの譲は、玄関前の廊下に『お座り』をしていた。

珍《めず》しいこともあるものだ。

猫になった時の譲は、あまり『お座り』をしない。うずくまっているか、四つん這いで歩いているか、どちらかが多いのに。

などとボンヤリ思っていると、譲は口を開け、

「ワフッ——！」

と、一声鳴いた。

いや、吠《ほ》えた。

「わふっ……？」

それはなんだと、若宮は、呆気《あっけ》にとられて譲を見やる。

譲は、まるで主人の命令を待ってでもいるかのように、キチンとお座りしたまま、若宮を見上げている。

昨日までの警戒心丸出しの野良猫は、突然、大きくて賢《かしこ》い犬に変わっていた。

5　犬から類人猿へ

（まさか玲《れい》のヤツ…、マジでバター犬になれって、吹き込んだのか…!?）

ホントにいらぬお節介《せっかい》だが、玲ならやりかねない。

と、青ざめた若宮《わかみや》だったが、犬の譲《ゆずる》は、とぉーっても躾《しつけ》の行き届いたいい子だった。

突然の変身を前に、呆然《ぼうぜん》と佇《たたず》んでいる若宮の足を、鼻面《はなづら》で突っついて、

『早く入ろうよ、お腹すいたよ～』

と、言わんばかりに、催促《さいそく》する。

若宮が、餌《えさ》を探してキッチンをあっちこっちと見て回っている間も、急《せ》かすでもなく、怯《おび》えるでもなく、『お座り』をしたまま待っている。

「もう～、犬になるなら、そう言っておいてくれってー。ドッグフードなんか買ってないぞ」

本気で困りはてて、冷蔵庫の中を覗《のぞ》いたあげく、

「そうだ、人間様の食い物でよかったんだ……」

と、気がついて、ちょっとバツの悪い思いをする。

ちょうどいいことに、テーブルの上には、若宮の夕食が丸々残っている。

そちらに向かって歩き出すと、譲もまた1歩後ろから歩調を合わせてついてくる。

人間様より先に行こうとしないのは、主従《しゅじゅう》関係をしっかりと教え込まれている証拠だ。

むろん、これが本物の犬ならばの話だが……。

「俺の食いかけでもイヤじゃないなら、こいつを片付けてしまってくれ」

と、若宮は、自分の食べ残しを示す。

ローテーブルだから、ちょっと両手……、いや、この場合、前足をテーブルにかければ、十分届くはずなのに、譲は、その場に『お座り』したまま、何かを期待するようにジッとこちらを見つめている。

「まだ何かあるのか〜？」

しばし考えたあげく、

「もしかして、人間様が食事をするテーブルに足をかけちゃいけない、とか思ってる？」

と、気がついた。

「ちょっと待ってろ」

頬《ほお》にタオルを当てているから、片手だけで、ピラフの皿にカニクリームコロッケと温野菜をトッピングしてから、床に下ろしてやる。

犬用の餌にしては味が濃いが、実際には人間なんだから、かまわないだろう。

ついでにキッチンから深めのスープ皿を取ってきて、エビアンを注いでやる。

「さぁ〜、これでどうだー」

ソファーに腰掛けて、譲の様子を見るが、いっこうに『待て』の姿勢を崩《くず》そうとしない。

「何をしてるんだ…？　俺の食いかけじゃイヤだってかー」

問いかけても返事はない。

延々《えんえん》期待の眼差《まなざ》しを注がれ続けると、なんだかホントに大きな犬のように見えてくる。

子供の頃、近所によく躾《しつ》けられた利口な犬がいたのを思い出した。

餌を目の前にしても、『待て』の命令が下った以上、『よし』と言われないかぎり、いつまでも待っていた。

「そうか…。さっき俺、『待ってろ』って言ったっけー」

まさかと思いながらも、

「よし、食べてもいいぞ」

と、言ってやる。

とたんに、譲は立ち上がり、パクリとコロッケにかぶりついた。

「やっぱり待ってたんだぁ〜☆」

若宮はホーッと安堵《あんど》の息をつきながら、背もたれに寄りかかった。

いったいぜんたい、このいきなりの変貌《へんぼう》は、なんなんだ？

たとえ玲に、『スポンサーは犬をご所望《しょもう》だ』と諭《さと》されたとしても、そんなに簡単に言うことを聞く男じゃないだろう。

昨日までの、傍若無人《ぼうじゃくぶじん》なあの野良猫《のらねこ》はどこにいったんだ？

こんなことなら、最初から犬になってくれって言えばよかった。

「まったく誰が躾けたんだか……」

と、何気に呟《つぶや》いて、すぐにあることに気づいて、言葉を呑《の》み込んだ。

そうか、譲を躾けた人間がいるのだ。

凜《りん》だ。

野良猫の時でさえも、好き嫌いがあったのだ。

だとすれば、犬なら、よけいに好きな人間の命令には従順《じゅうじゅん》になるはず。

これが『お手』、これが『お座り』と、頭を撫《な》でたり、餌で釣ったりしながら譲を仕込む凜の姿さえ、見えるような気がする。

「お前を躾けたのは、凜君か？」

独《ひと》り言のように呟いたとたん、驚いたことに、譲は人間の言葉がわかるかのように、ワフッと吠《ほ》えてみせたのだ。

もちろん実際にはわかっているのだから、今吠えたことには意味がある。

肯定《こうてい》の意味なのか？

それとも、凛という名前に反応したのか？

「じゃあ、玲は？　玲に躾けてもらったのかい？」

試《ため》しに、そう訊《き》いてみるが、今度は何も反応しない。

顔を上げもせずに、黙々と食事を続けている。

「じゃあ、やっぱり凛君か？」

再び訊くと、またもやバウバウと、どこかしら嬉《うれ》しげに吠えてみせる。

やはり、どーやら凛の名前に反応しているのだ。

「はは…、そうか…。そーゆーことか……」

乾いた笑いが込み上げてくる。

たとえ、玲にスポンサーのご希望だからと吹き込まれて、イヤイヤ犬に変身したのだとしても、こんなふうに凛の存在を見せつけなくてもいいだろう。

それでなくても、今夜はけっこう落ち込んでいるのに。

頬は痛いし、たぶん、まだ腫《は》れも引いていない。

いつの間にか、すっかり温《ぬる》くなってしまったタオルが気持ち悪くて、テーブルの上に放り投げる。

人生は、どーしてこうも上手《うま》くいかないのか？

自分には、どこかしら家族とは相容《あいい》れない部分がある。

両親はいうまでもなく、兄も姉も、とことん現実主義だ。どちらもすでに結婚し、姉には二人の子供がいるし、兄も秋には父親になる。

同性に魅《ひ》かれる性癖《せいへき》など、理解できようはずもない。

自分だけが、どこかで間違ってしまったのだ。

腕白坊主《わんぱくぼうず》で、近所の子供のボス的存在だった初恋のケンちゃんも、優しい恋人を見つけ、来春には挙式の運びだ。

周《まわ》り中が、着々と真っ当な人生を築いていく中、自分だけが変われない。

開き直ることも、諦《あきら》めることもできず、中途半端なまま悶々《もんもん》と日々を送っている。

もういいかげん虚《むな》しい夢など捨てて、新宿二丁目《しんじゅく》あたりに恋人を捜しにいけばいいのに。

それができなくても、誰でもいいから、心を打ち明けられる相手を見つけるべきだ。

独りで生きていくしかないと強がってみても、その実、寄《よ》る辺《べ》ない身になることが、怖くて怖くてしかたがないくせに。

なんだかんだと言いながら、ついつい玲に相談を持ちかけてしまうのも、誰かを頼りにできる状況が嬉しいからだ。

たとえ、自分の兄を売る鬼畜《きちく》女であろうと、裏にはたっぷり下心があろうと、今の若宮にとっては、唯一《ゆいいつ》、心を吐露《とろ》できる相手なのだ。

ホントはもう、自分の性癖を隠していることさえ、辛《つら》いのに。

誰かにぶちまけてしまいたい。

でも、それがバレて、独りになるのはもっと怖い。

だからといって、何も言わず、何も行動せず、妄想《もうそう》の中に逃げ込んでいても、状況は決して
いい方には転がらない。

待っているだけでは、何もおこらない。

25にもなって、それはもうイヤってほど思い知っているはずなのに、まだ動けない。

まだ、片想《かたおも》いという、逃げ道でしかない状況に甘んじている。

こんなにもそばに、理想の男がいるのに見てるだけなんて。

たった一人の観客として、ただ見ているだけしかできないなんて――…。

「もう～、何してんだか……」

ハァーッとため息をついた時、ソファーに軽い振動を感じた。

何事かと視線を巡《めぐ》らそうとした瞬間、ペロリと頬に濡《ぬ》れた感触が……。

「……へっ……!?」

あまりの驚きに、目が点。

目の前、ほんの数センチのところに、譲の顔があった。

「…ゆず…る……？」

うっとりするほど精悍《せいかん》な顔は、ふざけた様子もなく、必死に若宮の頬を嘗《な》めている。

「なっ…何をしてるんだぁ〜、お前わぁぁぁ―――…!?」

ついに妄想もここまできたかと、一瞬、自分の頭を疑ってしまった。

でも、それにしては触れている感触は生々《なまなま》しくないか?

それに、筋肉質な巨体でもってソファーに押しつけられているから、重いのなんのってー。

「クン〜、クウン〜」

と、甘えるような鳴き声も、間近《まぢか》で聞こえる。

どうやら、まだ犬化は続いているらしい。

てゆーか、犬だから、こんなことをしてるんだ。

(や…やっぱり、これはバター犬……!?)

って、まだつまらん欲望を捨てきれない若宮だったが、譲の方に、そんなエロティックな気分はさらさらなさそうだ。

若宮の頬の腫《は》れに気づいたから、それが殴《なぐ》られた跡だとわかったから、犬なりになんとか慰《なぐさ》めようとしてくれているようだ。

「おい〜、く…くすぐったいってー☆」

信じられない。

譲が、こんなにそばにいる。

それどころか、若宮を抱き締めて、頬にキスの雨を降らせているのだ。

もちろんそれは、あくまで譲が人間だったらという条件つきで、今は犬だから、たとえ唇《くちびる》がくっついてもキスじゃないし、不器用な前足は、若宮をギュウギュウ踏んづけてるだけで、抱き締めるにはほど遠いのだが――…。

それにしたって、こんな美味《お い》しいシチュエーションがあるだろうか？

なにしろ、いくら賢《かしこ》くてもそこは犬だから、すでに、腫れている頰を嘗めるという当初の目的を忘れてしまったのか、その範囲がどんどん拡大してきているのだ。

そう、時々、唇にまで触れてきたりする。

でも、やっぱり相手は犬だから、あんまり喜びすぎるのも変だし――…。

だからといって、大好きな顔が間近にあるのに、落ち着いてなんかいられるものか！

もう、ドキドキは加速するばかりだ。

（う…うわぁ～、今度は唇を腫らしてみようかぁ～？）

心の中でコッソリと、そんなアホけたことを考えている。

なんとなく、譲の行動の意味がわかってきた。

玲が言ってたように、動物化していても感情がないわけじゃない。

演技はしていても、何もかもが作り事なわけじゃない。

台本などないのだから、何に変身しても、心はちゃんと譲のままなのだ。

無理矢理チャーハンの皿を押しつけた若宮に向けた敵愾心《てきがいしん》も、少しずつ縮《ちぢ》まっていった距離も、譲の心の変化に応《おう》じたものだったのだ。

そして、たぶん突然の犬化の原因も、玲の進言に間違いないが、たとえそれがスポンサーの意向だからといって、イヤなことに頷《うなず》く譲じゃないだろう。

納得した上で、犬になってもいいと譲は思ってくれたのだ。

ちゃんと、こちらの心情を察してくれているのだ。

意地っ張りの若宮が、初めて弱さを見せたから、それに反応して、こんなふうに慰めてくれている――…。

(なんか、俺って、簡単なヤッ～)

こんなことくらいで、『優しい』と感じてしまうなんて。

昨日までは、あんなにもムキになって、素《す》の譲を見ようとしてたのに。

今はもう、犬でもいいかと思っている。

だって、しょうがない。

理想の男に抱き締められて、頰にキスされて…、たとえそれが実際には、犬に嘗められてるだけだとしても、それでも嬉しいんだからしょうがない。

譲は、思った以上に、ちゃんと人の気持ちを思いやることができて。

そうして、若宮が素直にさえなれば、できるかぎり望みを叶《かな》えてくれるのだろう。

スポンサーへのサービスとして――…。

「……もういいから」

肩の力がスウッと抜けていく。

「もうそんな無理しなくていいよ」

気持ちを固めても、それでも抱きついてくる譲を引き剝《は》がすには、覚悟《かくご》がいった。

「明日からは、稽古場《けいこば》に寝泊まりしてかまわない。ビルの管理人にそう言っておく。ホントはそうしたいんだろう？」

「ワフッ…？」

「玲に、あれこれ言い含められてるんだろうけど、そんなに気を遣《つか》うなって。ご機嫌取りなんかしなくても、スポンサーは続けるから。公演が赤字になった分も補塡《ほてん》してやる」

振り切って立ち上がるのには、さらに勇気が必要だった。

「俺の自腹を切ってでも、それだけは約束するよ」

このまま譲を引き留めておくこともできるけど、反面、そんなふうに手に入れたものは、すぐに失われてしまうってこともわかっている。

素の譲を見たがっていたくせに、自分は偽《いつわ》りばかり見せていた。

本当に好きな相手なら、対等な立場で始めなければならなかったのに、玲の言葉にノセられて、まさに泡《あわ》のごとき希望を持ってしまった。

「君のやりたいようにしろ。稽古に専念できるように……」

今さらいい人ぶるつもりはないけど、スポンサーの名にあぐらをかいている以上、譲に向き合うことはできないから。

慣《な》れないご機嫌取りなんて役割からは、解放してあげなければ。

譲に、一番やりたいことをやらせてあげなければ。

この奇妙《きみよう》な同居生活を手放すのは、惜《お》しいけど。

ホントに、ホントに、未練たっぷりだけど。

それでも、これ以上、譲を束縛《そくばく》しているのは罪だから――……。

「もう自由に、好きなところにお行き」

未練を断ち切って、歩き出す。

「お休み」

と、それだけ背中で言い捨てて、寝室へと逃げ込んだ。

脱力したようにベッドに寝ころんで、明日からの生活を思う。

もう朝になれば譲の姿はないだろう。

そして、二度とこの部屋に帰ってくることはない。

逢《あ》いたければ、自分から足を運ばなければいけない。

でも、それが、本当の恋のやり方だ。

そこから、やり直そう。

「でも…、楽しかったな……」
ポツリと呟《つぶや》いて、枕を抱き締める。
ホントに楽しかった。
最初は、そりゃあ、かなりムカついたりしたけど、夢のような2週間だった。
好きな人がそばにいる幸せを、ほんのちょっぴりだけど味わえた。
「……って、人じゃねーって」
自分で自分に突っ込んで、笑う。
今までは、こんなふうに誰かのことを、優しい気持ちで思い出すこともなかった。
それ以前に、思い出なんて作ろうとさえしなかった。
好意を持ちそうなタイプには、あえて近づこうとしなかったから。
目を逸《そ》らし、背を向けて、知らないフリをし続けてきた。
ずっと逃げてばかりいた――……。
「25歳にして、初の快挙《かいきょ》だ…！」
やり方はマズかったけど、それでも、初めて自《みずか》ら何かを欲しいと思って行動した。
この気持ちはウソじゃない。
譲を欲しいと、今でも思う。
だから、もう間違えちゃいけない。

今度の公演が終わって、貸し借りのない関係になった時、一ファンとして出直そう。

譲は、一生舞台から離れまい。

たとえ、客席からでも、ずっと見続けることだけはできる。

公演は欠かさず見に行こう。花束《はなたば》を贈り、ファンレターなんてのも添《そ》えてみたりして。

学生時代は、憧《あこが》れの俳優を追っかけることさえできなかったから、本当の自分に返って、青春を取り戻すのもいいかもしれない。

そうやって、今度こそ現実可能な想像をあれこれ巡らしてみても、譲がいなくなる喪失感《そうしつかん》が消えるわけじゃないけれど――……。


夜の静寂《せいじゃく》の中。

リビングに人の動く気配《けはい》を感じながら、若宮はいつしか眠りの中に落ちていった。

*

目覚まし時計のアラームは、キッチリ6時半に若宮を起こした。

ベッドの上で、大きく一つ伸びをする。

「さ～て、今日は何をするかー？」

もちろん、いつも通り仕事をこなし、帰ってきたら一人で食事して、風呂に入って、誰に気《き》兼《が》ねすることなく眠りにつく。

そんな日々に戻るだけなのだが、でも、譲がいなくなった部屋で、前のような時間がすごせるか、ちょっと自信がない。

それ以前に、何をしていたのかよく思い出せない。

でも、気分だけは、妙《みょう》に清々《すがすが》しい。

頬の腫れも引いていた。

「新しい朝って感じ～」

フンフンと鼻歌交《ま》じりに、寝乱れたパジャマ姿のまま、リビングに続くドアを開ける。

瞬間、プウ～ンと鼻をかすめた、焦《こ》げたバターの香《こう》ばしい匂《にお》い。

「…あれ…？」

リビングの向こう、隣接するキッチンに男の背中が見える。

いつもなら、若宮が起きてくる音を合図に、稽古に出てしまう譲が、呑気《のんき》にキッチンにいるなんて。

「ウソ――…!?」

さらに驚くことに、なんと二本足で立っているではないか。

動物番組で、二本足で立つ犬を見たことがあるけど、そーゆーのって、なんか頼りなくヨロヨロしているもんだが。

　譲は、しっかりと床に両足をついて、揺らぐことなく立っている。

（……ってことは、類人猿《るいじんえん》系だよな）

　猿《さる》か、ゴリラか、オランウータンか…？

　いや、どれも、もうちょっと背中を丸めているはず。

　カンガルーってのもありだが、あれは尻尾《しっぽ》で身体《からだ》を支えているわけだし。

　と、散々悩んだあげく、キッチンの入り口まで近づいて、ようやくその手にフライパンが握られているのが見えた時、一番簡単な答えに気がついた。

（まさか、人間っ――……!?）

　って、もともと人間なのだから、それが一番当たり前の回答なのに。

　でも、もしや、宇宙人とかってこともあるかもしれない。

　まだ見ぬ未知の生命体とか。

　そこはそれ、相手はあの譲だからー。

「…譲…？」

　恐る恐る声をかけてみるが、その背中は何の反応も示さない。

　ただ淡々《たんたん》とフライパンを振っている。

　たとえばこれが外国人で、日本語が分からないって設定だとしても、自分の名前を呼ばれれば振り返ることくらいはするはずだ。

(じゃあ、やっぱり人間以外だよ〜)

だとしたら、何なのか？

(ロボット…？　それはありだ。家事ロボットか。いや、待てよ…。部屋の主《あるじ》の声を認識できないロボットって、欠陥品《けっかんひん》じゃないかー？)

あれこれ頭を悩ませていると、突然、譲が発したとしか思えない声が聞こえた。

「さら」

ボソリと一言、それだけ。

(さら…？　少なくとも獣《けもの》の鳴き声じゃない)

言葉だとしても、ちょっと短すぎる。

日本語なら『皿』だろうが、『サラ』という名前ってこともありえる。

宇宙人の朝の挨拶《あいさつ》語とか……。

「皿」

再び、譲が言った。

持っているフライ返しで、食器棚を指しながら。

「皿…？　ああ、皿か……」

ようやくフライパンの中の物体が、卵焼きだと気がついた。

ちょっと焦《と》げぎみのオムレツに見えるが、だが、それにしては大きすぎるような。もしやオムライスだろうか？

と、考えながら、その大きさに合った皿を出そうとした瞬間。

「2枚」

またまた単語が聞こえた。

言われるままに、大皿を2枚出して調理台の上に置く。

譲はフライパンの上に載《の》っかった物体を、フライ返しで半分に切って、2枚の皿に半分ずつ載せた。出したのは大皿だったから、周りが妙にあまってしまったが、譲はいっこうに気にする様子もない。

(半分にして載せるんなら、最初からそー言えよぉ)

と、ちょっとマヌケな皿を恨《うら》めしく見ていると、譲は買い置きしてあった食パンを出してきて、皿の空《あ》いている部分に載せた。

2枚ずつ。焼いてもいないただの食パンを、2枚ずつだ！

ついでに、その上に無造作《むぞうさ》にフォークを置く。

「これ…何…？」

一応訊《き》いてみる。

「飯《めし》」

「朝食？」

「運べ」

いったいぜんたい、ホントに言葉が通じているんだろうか？

でも、言われるままに、マヌケなオムレツの皿をリビングのテーブルに運んでいく。

譲は冷蔵庫の中をゴソゴソと掻《か》き回し、ジャムとマーマレードと、牛乳のパックと、エビアンのペットボトルを抱えてきたと思うと、そのままペッタリと床に腰を下ろしてしまった。

グラスはない。バターナイフもない。

牛乳はどーやって呑むんだ？

ジャムとマーマレードは、どーやって塗《ぬ》るんだ？

それとも俺が取りにいくのか？

あれこれ悩む若宮を意に介《かい》さず、譲は黙ったまま両手を合わせ、いただきますの仕草《しぐさ》をすると、いきなり牛乳のパックを取って、直接口をつけて呑んでしまった。

「…………」

言葉もなく見つめていると、今度はフォークでジャムをすくって、パンに塗り始める。

つまり、オムレツを食べるのも、ジャムやマーマレード塗るのも、フォーク１本でやってしまおうってことらしい。

（もしかして、ターザンかよ…？）

と、なんとなく閃《ひらめ》いた。

単語だけのタドタドしい言葉遣《づか》い、フォークもグーで握ってるし、パンを焼くこともしないってあたり、密林《みつりん》で育ち、文明社会に戻る教育途中のターザンってイメージがピッタリだ。

(だとしたら、俺は、ジェーン役か？)

その瞬間、若宮の頭を支配していたのは、密林の中で、本能のままに若宮ジェーンの身体《からだ》を貪《むさぼ》る、譲ターザンの図、だった。

(いかん、いかん、また陥《おち》ってしまった……☆)

手のひらでパッパと煩悩《ぼんのう》を払う仕草をすると、豪快に食べ続けていた譲が、食わないのか、と言わんばかりの訝《いぶか》しげな視線を向けてくる。

「あ…、いただきます」

ターザンとジェーンの性生活には興味があるが、食生活の方はいまいち趣味に合わない。が、郷《ごう》に入れば郷に従《したが》えとゆーか、相手が野蛮人《やばんじん》に毛の生えた程度のものなら、逆《さか》らわない方が得策だと思い、渋々《しぶしぶ》譲のマネをして食べ始める。

オムレツは大きすぎたせいか、表面は焦げているわりに中は生焼《なまや》けだ。それでも食べれない代物《しろもの》じゃない。

「料理、するんだ？」

返事は期待せずに訊いてみると、意外や譲が顔を上げた。

MILK

真《ま》っ直《す》ぐに若宮を凝視《ぎょうし》して、言った。

「マズイ？」

「は…？」

「マズイ？」

何がマズイって？　ああ、このオムレツもどきのことか。

「いや…、まあ、食えないことはない。食パンは焼いた方が、好きだけど」

「料理じゃない」

「えっ…!?」

驚いたのは、譲の口から、単語ではなく文節が出てきたからだ。

「じ…人語《じんご》をしゃべった――…!?」

思わず、素直に言ってしまった。

「さっきからしゃべってる」

譲が無愛想《ぶあいそ》な顔で言う。

（すごい、これって、ちゃんと会話になってるぞ…！）

たったこれだけのことで、朝っぱらから舞い上がってしまう。

「いや、そうだけど。単語しかしゃべれないって設定かと思って」

「設定…？」

「だから、ターザンとか、そーゆーもんに扮《ふん》してるのかと」

「ターザン？」

「違うのか？」

「わけわからん～」

って、それはこっちのセリフだってー。

「で、何がマズイって？」

「昨夜《ゆうべ》、言ってた」

「何？」

「稽古場に泊まれって」

「ああ。だって、その方がつごうがいいだろう。稽古場に寝泊まりしたいってのが、最初の希望だったし」

「誰の？」

「君のだよ」

「俺の？」

「玲がそう言ってた」

「玲は俺じゃない」

「…………………」

思わぬ反論に、若宮は言葉をなくす。

確かに、すべて玲の口から又聞《またぎ》きしたことだったけど。

「でも、わざわざここに帰ってくる時間が惜《お》しいかと」

「15分が？」

なんだろう？

譲は、何を言おうとしてるんだろう？

「さっきの、マズイってのは、何についての質問だ？」

「ここにいることだ」

「……って？」

「マズイのか？」

「つまり、それは、君がここにいちゃマズイのかって訊《き》いてるのか？」

「そう言ってる」

「…………………」

若宮は、ちょっとムッとした。

(ぜんぜん言ってねーだろう！　なんでこんなに言葉を出し惜しみするんだ、といつわ～)

最初から、ちゃんと文脈《ぶんみゃく》を整理して、そう言えばいいものを。

『昨夜、あんたは稽古場に泊まれと言っていたけど、この部屋にいてはマズイのか？』

と、それだけですむことを、単語でポツポツしゃべるから、こんなに手間がかかるんじゃないか。

だが、今ここで怒れば、ようやく意思疎通《そつう》が始まったばかりのところに水を差す。

ようは、日本語に不慣《ふな》れな外国人だと思えばいいんだ。

ハーッと息をついて心を落ち着けると、ターザンにでもわかるように、簡潔《かんけつ》に明解に説明してやる。

「もしもこの部屋が気に入ってるなら、いくらいてもいい。でも、他人といっしょってのは、精神的に負担にならないか？　稽古場で一人で泊まってる方が、楽じゃないのか？」

「床が固い」

「────!?」

これにはビックリだ。

稽古場の床が固いってー？

そりゃあコンクリートだから、固いに決まってるが。

「いや、それはわかってるけど…。だって、お前、寝る場所を選ぶのか？　ソファーがあるのに、毎晩わざわざ廊下で寝てたヤツがー」

「タオルケットを置いたろ」

「…………？」

しばし若宮は考え込んで、導き出した結論を言ってみた。

「つまり、何か。俺がタオルケットを廊下に置いたから、そこで寝ろって意味だと思ったってのか？」

譲は、パンを咀嚼《そしやく》しながらコックリと頷《うなず》いた。

「だったら、自分で寝たいところに運べよぉ――……！」

「…………」

「いいか、玲が言ったんだ、玲がー！　廊下の隅《すみ》に寝かせてやってくれればいいって。タオルケット一枚渡してやってくれれば、それでいいって。俺は言われた通りにしただけだっ！」

だが、どこか怒ったような譲の目は、しっかり『玲は俺じゃない！』と主張している。

「……わかった。わかったよ。玲の言うことを真《ま》に受けた俺が悪いんだな」

オムレツを突っつきながら、考えを整理する。

譲には、ちゃんと彼なりの意志があるのだ。それを、玲は、勝手に歪《ゆが》ませて若宮に伝えてきた。それでは、譲はどうしたいのか？

今なら、その答えを聞き出すことができるような気がする。

「一つだけ確認しておこう。稽古場で寝泊まりするのと、この部屋に泊まるのとでは、こっちの方がいいんだな？」

譲は再度頷いた。

「じゃあ、もう一つ、廊下で寝るのと。ここのソファーで寝るのと。あと、寝室のダブルベッドで……、その場合、俺といっしょに寝ることになるが、どれがいい？」

「ベッド」

即答だった。

これには、若宮も驚きを隠せない。

「ベッドの方がいいのか…？」

「人間だぞ」

「そ…そうだったな。でも、家にいる時は、キャットフード食ってるとか聞いたが？」

「まさか」

「じゃあ、他《ほか》のものもちゃんと食ってるんだな。肉じゃがとか、ステーキとか、焼き魚とか、つまり、人間が食べるものを……」

「当たり前だ」

「なんでそれを今まで言わなかった？」

「訊かれなかった」

「自分から要求するって発想はないのか？」

「していいのか？」

「いけないなんて言ってないだろう」

「いいとも言ってない」

「そうだけど、頼み事があるならいくらだって言えば、俺だって聞いたのに」

「命令口調だった」

「誰が？」

「あんたが」

「…………」

ようやく譲の言っていることがわかってきた。

若宮は、スポンサーの立場だった。

譲にしてみれば、金を出してもらって、寝場所まで貸してもらったあげく、機嫌の悪そうな命令口調で怒鳴られれば、迷惑《めいわく》がられていると思っても不思議じゃない。

他人の部屋で好き勝手ができるはずはないから、許可《きょか》されたこと以外はしなかった。

「お前って、もしかして意外とマトモ…？」

ちゃんと論理的だし、常識範囲内じゃないか。

この単語の羅列《られつ》のしゃべり方は、いただけないが。

でも、ちゃんと会話にはなってる。

人間の譲は、想像以上に無愛想だけど、ちゃんと表情も変化するし、不当なあつかいをされていたと拗《す》ねている様子など、子供みたいだ。

（やっぱ、こいつ、好きだなぁ～）

心がウズウズしてくる。

人生が、いきなりバラ色に染まった気分だ。

ふと気がつくと、自分の皿をすっかり空《から》にしてしまった譲の視線が、まだほとんど手つかずの若宮の皿に注がれている。

「ああ、食べるか？」

譲の皿を自分のそれと取り替えてやると、譲は無言のまま再びフォークを動かし始める。

この体格だ、どれだけ食べても足りないのだろう。

だとしたら、最初の晩は、ホントにひどいことをした。

（どこが、キャットフードをやっときゃいいだ～☆）

食事も与えず、廊下に放り出すなんて。今度玲に逢ったら、絶対文句を言ってやらなきゃ気がすまない。

「このさいだ。何か希望があったら、全部言っておいてくれ」

上機嫌で語りかけると、

「ヤダ」

と、即座に一言、ぶっきらぼうな二文字が返ってきた。

「何がヤダだ～！」

「何を言われても怒らない。今回の公演が終わっても、スポンサーを続けてやってもいい」

「俺がー？　俺がなんで怒るよ、希望を聞きたいのは俺の方だぞ。常識の範囲内なら、何を言われても怒らない。今回の公演が終わっても、スポンサーを続けてやってもいい」


「……………」

　譲、沈黙。

「まさか、それ以上のこととか？」

「……………………」

　譲、ながぁーい沈黙。

「聞かないと、よけいに気になるじゃないか」

「……………………………」

　譲、もっと、ながぁぁぁ――――――い、沈黙。

「言え、言ってくれ！　叶《かな》えられないかもしれないけど、それでも言うだけ言ってみてくれ」

「怒らないか？」

「怒らない、絶対に」

「ホントだな」

「ああ、何だ？」

譲は後ろ手をつくと、何かを仰《あお》ぎ見るようにふんぞり返り、決してターザンではあり得ない、知性と傲慢《ごうまん》さを感じさせる短い言葉を口にした。

「上げ膳据《ぜんす》え膳」

と、たったそれだけ――……。

「…………」

今度は、若宮、黙り込む。

もちろん約束だから、怒らなかった。

が、そのためには、喉元《のどもと》まで迫《せ》り上がっていた怒声を、必死の努力で呑み込まなければならなかった。

（上げ膳据え膳……。なんて明確な要求だぁ～☆）

と、睨《にら》む視線は止められない。

つまり、なぁーんにもしないで、とことん尽《つ》くしてもらいたいってことかぁ？

キャットフードでもドッグフードでも、食うヤツじゃなかったのか？

演劇バカで、他には何の望みもない。金がなかろうが、野宿《のじゅく》しようが、演技する場所さえあればそれで幸せって、そーゆーヤツじゃなかったのか？

それが、上げ膳据え膳だとぉ～！

たぶん、睨みつける目が、どんどん据《す》わっていったのだろう。

譲が、居心地《いごこち》悪そうに呟《つぶや》いた。

「ほら、怒った」

「呆《あき》れたんだっ！」

「声が怒ってる」

「怒ってない。ホントに心底呆れただけだっ！」

「怒鳴ってる」

「怒鳴ってない！　これは地声だ！」

って、これじゃあまるで、幼稚園児相手の会話じゃないか。

いや、たぶん、そのつもりでいればいいのだろう。

譲は幼稚園児なのだ。身の回りの世話は何もかもしてもらって、演技に専念できる、好きなことだけやっていられる、そんな環境が一番の望みなんだろうけど。

でも、実際にそれを言っても怒られるだけだから、何も言わない。

玲が、譲は『甘えた』と言っていたことがあったが、こーゆーことだったのだ。

相手には何もしてやらないくせに、何もかもして欲しいって、まさに究極《きゅうきょく》の甘え方だ。

「わかった。上げ膳据え膳してやる」

若宮は覚悟を決めて、そう言った。

「マジ？」

「マジだよ。動物になろうが、彫刻になろうがかまわない。人間でいても、無理に会話なんかしなくていいよ。お前はボーッとしてればそれでいい。食事も作ってやるし、ベッドにも寝かせてやる、なんなら背中も流してやるぞ～」

「…………」

「感想は？」

「悪くない」

横柄《おうへい》じゃねーかよぉ。

やっぱり、こいつは、有栖川《ありすがわ》の一族だ。

拓《たく》とも玲ともパターンこそ違えど、しっかり俺様なヤツじゃないか。

「わかった。もう何も言わなくていい。稽古に行け。どうせ遅くなるんだろう。夜食は人間の食い物を用意しておいてやるよ。それと、新しいパジャマに歯ブラシだな」

「下着」

てめーのパンツまで買えってかー？

「わかった…、下着だな。トランクスかブリーフか？」

「カルバンのブリーフ」

遠慮《えんりょ》もなく高いものを～！

（こいつ、ちゃんと色々、物の価値、知ってるじゃないか～！）

昨日までの慎《つつ》ましい譲と比《くら》べると、別人のごとき大変身。マジで、上げ膳据え膳してもらおうと思っているらしい。

そりゃあ、してやるとは言ったけど。

「お前って、ホントはすごく図々《ずうずう》しいヤツだったんだな」

諦《あきら》め半分、吐息《といき》をついて。

でも、そんなふうに頼られるのも、決してイヤではないから。

「まあ、いいよ。俺も、どうやら面倒《めんどう》みるのは嫌いじゃないから」

と、言ってやる。

次の瞬間――…、若宮は、あまりに意外なものを見たのだ。

溢《あふ》れる朝陽《あさひ》の中、
乱れた髪を掻《か》き上げながら、
欲しくて欲しくて堪《たま》らなかった玩具をもらった少年のように、
無邪気《むじゃき》に輝く、譲の笑顔――…！

「……あ……」

きっとこの時、若宮は、さぞやマヌケた顔をしていたことだろう。

ポッカリと口を半開きにして。

両目をまん丸に見開いて。

緊張の欠片《かけら》もなく、眉尻《まゆじり》を垂《た》らし。

まるで一千万ドルのダイヤモンドをプレゼントされた女みたいに、喜ぶより、驚くより、これは夢に違いないと自分に言い聞かせているような。

でも、それが夢でない以上、どうしたらいいんだと戸惑《とまど》って、パニックしているような。

そんな情けない、顔。

（ヤバイ…☆　俺、ムチャクチャ嬉しいかもぉ〜）

モロに好みの顔だった。

男らしい体格も、憧れだった。

夢に懸《か》ける一途《いちず》さも、いいなと感じてた。

でも、今、とっても可愛《かわい》いと思ってしまった。

猫でもない、犬でもない、素《す》の譲を、可愛いなんて思ってしまった。

もっと笑って欲しいと。

もっと喜ばせてやりたいと。

そう思ってしまった。

上げ膳据え膳、まさに、その言葉にふさわしい泥沼《どろぬま》にズブズブと入り込んでいきそうな予感がする。

でも、もう遅い。

捕まってしまった。

自分の性癖《せいへき》に気づいてからこの方、ずっと逃げ続けていた感情に。

尽くしてあげたい――……！

見返りなど期待できない相手だとわかっているのに、とことん何もかもしてやりたくなってしまう。

無償《むしょう》の愛など縁《えん》のない自分が。

欲得《よくとく》ずくでしか動けない自分が。

何かをしてやれれば十分だなんて、そんな自己満足には決して浸《ひた》れない俗物《ぞくぶつ》のくせに。

いずれきっと、どうして何も返してくれないのだと、譲を責める時がくるとわかっているのに、それでも今、引き留めておくためには何でもしてやろうと思ってしまっている。

「え〜と、稽古、遅れるんじゃないか？」

カッカと火照《ほて》っていく顔が恥《は》ずかしくて、慌てて時計を見るフリをして、顔を背《そむ》ける。

その言葉に促《うなが》されたように、譲はゆっくりと立ち上がり、リビングの隅《すみ》に放り出してあったスポーツバッグを肩に担《かつ》いだ。

ドアを開け、玄関に向かおうとして、ふと足を止め、

「忠告しておく」

と、振り返る。

(うぉぉ〜!?　まるで人間みたいな反応じゃないかー)

当たり前のことに、今さらながら驚いている若宮に向かって、今日初めて、単語の羅列《られつ》ではない、ちゃんと主語と述語と目的語とで構成された、しっかりと意味の通じる文章を口にしたのだ。

「あんた、玲の言う通りにしてると、いずれケツの毛までむしられるぞ」

と——……。

なんとなく、これだけはキッパリと言える理由が、わかるような気がした。

6　お初の添い寝

「遅い！　なんでいつもより遅いんだ〜」

時計の針は、すでに夜の11時を回っている。

いつもなら、譲《ゆずる》はとうに帰っているはずなのに。

若宮《わかみや》は、腹をクークーと鳴らしながらも、腕によりをかけて作った晩餐《ばんさん》には手もつけず、譲の帰宅を今か今かと待っていた。

まさか、今さら、やっぱり稽古場《けいこば》の方がいいとか、言い出すんじゃないだろうな？

たった15分歩いたところにいるのだから、様子を見に行こうか？

と、迎えに行きたくなる衝動《しょうどう》を、必死で抑える。

ようやく芽生《めば》え始めたらしい、譲との信頼を損《そこ》なうような気がするからだ。

譲はスランプみたいだし、稽古を邪魔《じゃま》するようなマネはしたくない。

演劇オンチの若宮にできるのは、美味《おい》しい食事と、居心地《いごこち》のいい寝床を用意してやることくらいなのだ。

そうして、さらに待つこと30分、0時近くになってようやく譲は帰ってきた。

沈黙モードのまま、それでもちゃんと手と顔を洗い、食卓について、箸《はし》を持って食事を始めたのを見た瞬間、若宮は心の中で拍手をしていた。

（やったー！　とうとう人間化したままの譲を、この部屋に入れることに成功したぞ！）

2週間あまりかかって得たこの成果を、そこまで喜ぶのは若宮くらいだろう。

考え事をしながら黙々と食べ続ける譲は、やがて断りもなく、若宮の皿にまで箸を伸ばしてきた。

たぶん、ほとんど無意識でやっているのだろう。

少々お行儀《ぎょうぎ》は悪いが、上げ膳据《ぜんす》え膳してやるって約束だったから、文句は言わない。

それに、今は譲の姿を見てるだけで胸がいっぱいで、半分ほど食べただけなのに、さっきまで鳴き続けていた腹の虫も静かになってしまった。

それより、ひどく疲れている様子の譲が、気持ちよく休める方法を考えてやらないと。

少々、惜《お》しいと思いながらも、若宮は席を立つ。

「俺、先に風呂、入っちゃうから、ゆっくり食べててくれ」

それだけ言って、バスルームに向かう。

食事を終えた譲が、すぐに風呂を使えるようにしておこうと思ったのだ。

「今度からは、譲に先に入らせるか」

ゆったりバスタブに浸《つ》かりながら、明日からの計画をあれこれと練る。

でも、その前に、今夜、大事な大事な儀式《ぎしき》があるのだ。

なんと、若宮、初の同衾《どうきん》!

って、ただいっしょのベッドに寝るだけなのだが。

「俺が先にベッドに入って、待ってればいいのかな? それとも、寝るよって声をかけた方がいいのかな?」

ベッドで待っているところに、譲が入ってくるのもドキドキだけど。

『いっしょに寝よう』なんて、声をかけるのは、恥《は》ずかしすぎる〜!

どっちにしても、そばで譲の寝息なんか聞いてたら、眠れるはずがない。

「やっぱ、俺がソファーで寝るかなぁ」

その方が、譲をゆっくり休ませてやれるし。

なにより、幸せはいっぺんに味わうと、その分減ってしまうような気がする。

やっと慣《な》れてくれた譲に、これ以上期待をするのは贅沢《ぜいたく》ってものだ。

と、なかなか慎ましい若宮が、夢見心地《ゆめみごこち》であれこれ計画を練《つ》っていた時、ガチャリと浴室のドアが開いた。

「……えっ……!?」

一瞬、また妄想《もうそう》かと思った。

湯気の向こうに見えるのは、なんとオールヌードの譲だったのだ。

だが、もしもそれが幻覚《げんかく》だとしたら、若宮の想像力は、いきなりグレードアップしたことになる。

磨《みが》き上げられた小麦色の肌《はだ》も。

肩から胸にかけての逞《たくま》しい筋肉も。

見事な腹筋も、引き締まった腰も。

そしてなにより、あまりに立派すぎる男の証《あかし》は、とってもじゃないけど想像のおよぶものではなかった。

リアルで、美しく、そして優雅《ゆうが》に動く、生《なま》の男の身体《からだ》――！

それが、現実でなくて何だというのだ？

だが、夢のような光景を前にしたからといって、喜んでる場合じゃない。

「…………ゆっ…☆」

何しにきたのか問いただそうとするのだが、あまりの興奮に、まともに声が出ない。

バスタブの中で真《ま》っ赤《か》になっている若宮には目もくれず、譲はシャワーのノズルを取って、淡々《たんたん》と身体を流し始める。

（そ…そうか、身体を洗いにきたのかぁ……）

と、当たり前のことに、ようよう気づく。

でも、ここは銭湯《せんとう》でもサウナでもないのだ。普通は赤の他人が入っている時は、遠慮《えんりよ》するものじゃないか？

それを、わざわざ入ってきたとゆーことは……？

ホモ雑誌でよく見かける、アレかー？

（そ…そうか、バスルームでのイチャイチャゴッコだ〜！）

と、またまた若宮、妄想モード突入。

脳裏《のうり》に浮かんでいるのは、ホモ小説の濡《ぬ》れ場だった――…。

男は、無言でバスルームに押し入ってきたと思うと、その逞しい裸体を見せつけながら、

『さあ、洗いっこしようぜ』

と、俺をバスタブから引きずり出し、ボディーソープでヌルヌルになった手のひらで全身を撫《な》でくり回してくる。

特に両の乳首は、指先でたっぷりと洗われて、俺は散々に泣かされてしまう。

『今度はこっちだ。大事なところだからキレイにしてやらねーとな』

さらに男は、俺の股間《こかん》をまさぐり、茎《くき》をしごき上げながら、もう一方の手で根本の袋を揉《も》みほぐしてくる。

俺は、情けなくもあっと言う間《ま》に上り詰《つ》め、タイルの壁に白い精を飛ばしてしまった。

むろん、それで終わるわけがない。

『さあ、仕上げに入るか。俺の自家製ヘチマで、お前の中を洗ってやるぜ』

男はニヤニヤと笑いながら、俺に、バスタブに手をついて尻《しり》を突き出すように命じる。

恥ずかしいカッコウに悶《もだ》える俺の中に、男の巨大な自家製ヘチマが押し入ってくる。

ジュブジュブと音を立てて最奥を洗われると、俺の口から淫《みだ》らな声が漏《も》れる。

『あんっ…！　いいよ、いいよぉ〜。もっと中まで洗ってくれよぉ〜！』

男の熱い精が中に放たれたとたん、俺もまた二度目の精を放ってしまった。

『おっと、また汚しちまったな。じゃあ、バスタブの中で第二ラウンドだ』

俺は男に抱えられ、熱い湯の中で、めくるめく洗いっこの第二ラウンドを開始したのだ。

——脚色　ｂｙ若宮多紀《たき》——


普段、どんなエロ雑誌を読んでいるのか、知れるような内容だ。

が、すでに夢の世界にドップリ浸《つ》かった若宮は、

(そりゃあ、バスルームでイチャイチャも、一つの夢ではあるけど、やっぱり初めてはベッドがいい〜！)

などと、大マヌケな悩みに突入していた。

25歳にもなって、恥ずかしいヤツだ。

そして、妄想につられて、身体《からだ》も変化する。

息子さんが、ムックリと目覚めたのを感じて、ようやく若宮は我《われ》に返る。

(うぉぉ〜！　こっ…このままじゃあ、バレる〜☆)

必死に膝《ひざ》を立て、前屈《まえかが》みになって股間を隠しながら、それでも横目で譲の姿を盗み見るのはやめられない。

その間も、譲は淡々とシャワーを浴びている。

ボディーソープを手のひらにつけて、髪の毛を洗い始めたのには、ちょっとギョッとしてしまった。その泡《あわ》だらけの手で身体まで擦《こす》っていく。

(あれ…？　自分で洗っちゃうわけね……)

じゃあ、夢の『洗いっこ』は、どうやら夢のままってことで。

当然、泡まみれになって、組《く》んず解《ほぐ》れつもなしみたいだし。

狭《せま》いバスタブの中に、二人で身体をくっつけあって浸《ひた》るってのもなし。

てゆーか、ただシャワーを浴びにきただけってかー？

それを証明するように、譲は最後に頭から豪快にシャワーを浴びて、全身を洗い流すと、タオルでガシガシと髪の毛を拭《ふ》きながら、さっさと出ていってしまったのだ。

後には、バスタブの中で真っ赤になってる若宮が残されているだけ。

「ば…バカじゃん〜、俺って——…☆」

突然襲《おそ》いかかられたらどーしよーなんて、ありもしない妄想にドップリ浸《ひた》っていた自分に気づいて、思わずバシャンと顔を湯につけてしまった。

譲がバスルームにいたのは、わずか5分ほど。

見事な烏《からす》の行水《ぎょうずい》だったが、盗み見た譲の裸体は、しっかりと脳裏《のうり》に焼きついてしまった。

しなやかな筋肉と太い骨格に支えられた、肢体《したい》。

日々の稽古で鍛《きた》えられ、余分なものは何もなく、必要なものはすべて兼《か》ね備えた身体《からだ》。

いつもは、不精《ぶしょう》で伸ばしているとしか思えなかった髪も。

それから、股間の茂《しげ》みの中で存在を主張していた見事なシンボルも。

何もかもが、それでなければならないほど完璧《かんぺき》なパーツで揃《そろ》えられていた。

一つでも欠けてしまえば、その美は損《そこ》なわれてしまう。

たぶん、意識などしなくても、持って生まれた感性が、自《みずか》らを一番美しい姿に仕上げているのだろう。

今までみたどの男より、神の領域《りょういき》に近づいた美と、人間臭《くさ》い生々《なまなま》しさを持ち合わせた男。

誰もいなかった。

あんなにも完璧な男は。

譲に比《くら》べれば、過去に憧《あこが》れた男など、カスだ、クズだ！

何度も片想《かたおも》いを繰り返しながら、それでも誰にも告白しようという気にならなかった理由がわかった気がした。

譲のような男を待っていた。

譲こそが、理想だったのだ。

4つも年下だが、このさいそんなことは関係ない。

ちょっとだけ、巡《めぐ》り逢《あ》う時期が遅かっただけ。

もしも最初に譲に出逢っていたら、多感な思春期に出逢っていたら、高校時代、大学時代、譲と同じ教室で学ぶことができたら、もっと違う選択をしていたかもしれない。

同性に魅《ひ》かれることに後ろめたさを感じながらも、それでも抑え切れぬ衝動《しょうどう》のまま、なりふりかまわず夢中で譲を手に入れようとしたかもしれない。

「……ああ……」

いつの間にか、手が股間に伸びている。

自分を昂揚《こうよう》させるものが、他《ほか》の何ものでもない、男の身体だということを、こんなにもハッキリと思い知らされたことはない。

あの身体に魅かれる。

それ以上に、あの生き様《ざま》に魅かれる。

芸術の神《ミューズ》に選ばれし者の運命《さだめ》として、ただ夢のためにのみ惜《お》しみなく時間を使い、そこには恋さえ入り込む隙《すき》はない。

媚《こ》びも、へつらいもない、ただ純粋な演技への想い。

競争の中でしか自らの存在意義を見出《みいだ》せないこの不毛《ふもう》の時代に、決して不安がないわけでもないだろう孤独《こどく》の道を、それでも揺るがぬ信念で進んでいる。

誰とも競わず、誰にも価値を問わず、誰の批評も必要としない。

吹き荒れる嵐《あらし》に頑固《がんこ》に立ち向かうのではなく、時には頭を垂《た》れることもいとわない柳の枝のような、しなやかな精神。

清く。

潔《いさぎよ》く。

逞しく。

飄々《ひょうひょう》と。

一瞬の歓喜《かんき》を追い求める、夢想家《むそうか》。

だから、魅かれる。

自分とは違いすぎる、その孤高《ここう》の魂《たましい》に。

どうせ俗物《ぞくぶつ》だから。

あんなにも美しい男を前にしても、下劣《げれつ》な衝動を抑えられない俗物だから。

「はっ…、ああ——…」

それが、譲を穢《けが》す行為だとわかっているのに、それでも、さっき見た裸体を頼りに、淫《みだ》らに張りつめた己《おのれ》のモノを慰《なぐさ》めるしかできない、哀《あわ》れな生き物だから——…。

焦《と》がれずにいられない……！

ほとばしりを湯の中に放って、しばし肩で息を繰り返していた若宮は、羞恥《しゅうち》からか、快感からか、真っ赤に染まった顔を上げて、ボソリと一言呟《つぶや》いた。

「ゆ…茹《ゆ》だったぁ～☆」

＊

バスタブでの自慰《じい》は、ほどほどに。

そんなことを思いつつ、パジャマに着替えた若宮は、冷えたタオルで火照《ほて》りを冷ましながら寝室に入った。

煌々《こうこう》と明かりの灯《とも》ったままの部屋の中、ベッドに潜《もぐ》り込んでいる男を見たとたん、持っていたタオルが、ボットリと床に落ちる。

「おい——…!?」

薄い夏掛け布団《ぶとん》を鬱陶《うっとう》しそうに腰に絡《から》ませて、譲はすでに眠り込んでいた。

ダブルベッドのど真ん中に。

だが、そんなことはどーでもいい。

ベッドを使っていいと言ったのは、若宮自身だ。

たとえ、隅《すみ》っこに身を寄せることになっても、文句を言う気はない。

だが、問題は、譲のカッコウだ。

肩も、胸も、足も、剝《む》き出しのまま。

わざわざ用意してやったパジャマと下着は、床の上に放り出されている。

「これって、どーゆーこと…?」

まさかと思いながら、夏掛けの端を摘《つま》んで、ちょっとだけめくって見る。

「ゲッ――!?」

一声叫んで、慌《あわ》ててバサバサと布団を押さえ込む。

「う…ウソ…。やだー、俺、覗《のぞ》いたわけじゃないぞ〜☆」

と、誰もいないのに、言い訳しつつ、キョロキョロと周囲を見回してしまう。

とんでもないものを見てしまった。

(なんで素っ裸なんだよぉ〜!)

譲といっしょに寝るって考えるだけでさえ、心臓バクバクもんなのに、どうしてせっかく用意してやったパジャマを着ないんだ〜?

「譲…。おい、譲っ…!」

「………ん……」

「お…お前っ、なんで裸なんだよ。どーしてパジャマを着てないんだ？」

「……ん～？」

「パジャマ、着ろよ。パジャマ～！」

と、抗議しても、譲はいっこうに目を覚ます様子はない。

「お…俺は、裸の男といっしょに寝る気はないぞ～」

って、ホントは、その気たっぷりなんだけど。

このさい、それは置いておいて。

「さっさと着ろってー！」

こうなったら力ずくとばかりに、譲の肩を揺すり始めたとたん、グワッシと腕をつかまれ、驚くヒマもなくベッドの中に引きずり込まれてしまった。

「――――…☆」

あまりの展開に、声も出ない。

こんなのは、まったく想像外。

なにしろ、しっかりと譲の腕の中に収まっているから、身体《からだ》は密着状態。

頬《ほお》は、逞しい筋肉に覆《おお》われた胸板《むないた》に、くっつきっぱなし。

ちょっとでも顔を動かせば、唇《くちびる》が触れてしまう。

それはそれで嬉《うれ》しいかもしれない……って、そーゆー場合じゃないだろう～☆

完璧にパニック状態で、なんとか逃《のが》れようとするが、寝ぼけているわりには力強い譲の腕は、いっこうに緩《ゆる》む様子もない。

「こっ…こらぁ～！　お前、起きてるだろう？」

上目遣《うわめづか》いに、譲の顔を覗く。

その口元に、微《かす》かな笑みが浮かんだように見えた。

とたんに鼓動《どうき》が、ビックリ箱のように跳《は》ね上がった。

一目惚《ひとめぼ》れしたほど好みの顔が、間近《まぢか》で笑っているのだ。もう心臓に悪すぎる。

「とにかく放せぇ～、起きろ～！　パジャマを着ろー！」

って、そればっかりだが、惚れた男に裸のまま抱きつかれていては、眠れるはずがない。

それに引き替え、譲の方は、枕を抱いて寝るクセでもあるのか、妙《みょう》に気持ちよさそうに、若宮の髪にスリスリと頬摺《ほおず》りなどしてくる。

「だからー、それをやめろってぇぇぇ――――……！」

いや、嬉しいのだ。

嬉しいのだが……。

今日は、すでに、とぉーっても美味《おい》しいシャワーシーンを目撃させてもらったし、さらに一つベッドでご就寝《しゅうしん》なんて、超ラッキーなシチュエーションで1日を終えられるのだから。

これ以上、予想外の幸運は、ちょっと怖い。

今まで想像の世界でしか味わえなかったことを、もう十分すぎるほど堪能《たんのう》している。

なんでもいっぺんに味わうと、残りが減るような気がする。

それは、諦《あきら》めることに慣れた男の哀《かな》しいサガだ。

人生には、幸せも不幸も同じだけあって、バブルに浮かれた後に不景気が待ち受けていたように、いいことと悪いことは交互にやってくるものだ。

降って湧《わ》いた幸運に浮かれていると、いつかは不運が襲ってきて、最後には帳尻《ちょうじり》合わせをされてしまうはず。

——だとしたら、隠れホモの若宮に、今までどんな幸運があったというのか？

なんて疑問は、マイナス思考の人間は、もともと持たないのだ。

今の幸せを、少しでも長続きさせることしか考えない。

だから、裸で抱っこは、この次にして欲しい。

まだ、明日も、明後日もあるんだから。

少なくとも公演が終わるまでは、なんか色々チャンスはありそうだから。

「せめてパジャマを着ろってー！」

と、しつこく言い募《つの》ると、譲の唇がわずかに開いた。

そして、一言。

「……めんどー」

と、微《かす》かに呟《つぶや》くと、そのまま本格的な眠りに入ってしまった。

その瞬間、譲の腕からスーッと力が抜けていったのが、わかった。

密着状態から解放されたものの、ちょっと寂《さび》しい気持ちにもなってしまった。

それでも背中に回された両手は、指を絡ませたままだ。

おかげで、若宮のドキドキは、しばらく治まりそうもない。

「めんどー……って、なんだよ、それぇ～☆」

視界を塞《ふさ》ぐ男の胸に、ポツリと、吐息《といき》混《ま》じりの呟きを落とす。

犬猫になっている間は、寝る時だって服のままだったのに、どうして人間になったとたん裸になるんだ？

ああ、そうか……。犬猫の時は服を脱ぐのが面倒《めんどう》で、人間になると、パジャマを着るのが面倒ってことか？

それにしても、今朝方ようやく会話らしい会話を交わしただけの人間の前で、いきなり無防備な姿をさらしてしまえるってのも、すごいかもしれない。

「どうしよう……」

明かりはつけっぱなしなんだけど、消すには、ドアのところまで行かなきゃならないし。

でも、今、この腕を抜け出すと、再びこの体勢には戻れないだろう。

それは、ちょっと惜しいかも。

その上、明かりを消すと、せっかくの顔が見えなくなっちゃうし。

もう少し、このままでいようか。

幸運に溺《おぼ》れてばかりではいけないとわかっているけど、せっかくのチャンスだから、もう少しこのままで……。

せめて、もう少しだけ――――……。

*

鉄の扉の向こうで、飢《う》えたメンバー達が差し入れの争奪戦を繰り広げている間、若宮は階段に腰掛けて、玲《れい》を相手に、昨日おこった幸運の数々を夢中になって語っていた。

「ビックリしたよー。いきなりバスルームに入ってくるんだ。それで、ボディーソープで身体《からだ》を洗ってさー。髪の毛も全部だよー」

一晩中譲の顔を見ていたせいで、寝不足で真っ赤な目をしながらも、

「ほら、見て見て～」

と、だて眼鏡《めがね》を外して、嬉しそうに指さす仕草《しぐさ》は、とってもじゃないけど25の男には見えない。

玲は、すっかり空《から》になったコーヒーの紙コップをクシャリと握り潰《つぶ》すと、煩《わずら》わしげに口を開

いた。

「こー言っちゃなんですがー」

「うん？」

「純情な男って、気味が悪いですね」

ポトリと、若宮の手から眼鏡が落ちる。

「あんなもんの裸を見て、ラッキーとか思ったり。一つベッドにいたくらいで、眠れずに、真っ赤な目をしてたり。あげくに、上げ膳据え膳してくれなんて理不尽《りふじん》な要求に文句を言うどころか、わざわざ仕事サボって差し入れまで持ってくるなんて。今どき女子高生だって、そんなブリッコいませんよ」

「…………」

「だいたい、私はこの世でもっとも信用できない女だ、とか言っておいて、なんでいちいち報告してくるんですか？」

「……だから、それは～」

「それは？」

「つまりー」

「つまり？」

「だから、誰かに話したいじゃないかー。こーゆーことって～」

と、両手を握って力説する姿に、玲はうんざりと首を振る。

「他に話す人がいないわけですね。隠れホモには」

「そうだよっ！」

友人がいないわけじゃないが、若宮の性癖《せいへき》を知っている人間は玲しかいないのだから、選択の余地などないのだ。

どれほど信用できなかろうが、兄を売る悪魔のような女だろうが、このさい目をつむる。

「ダメなんだよ。もうー、話したくて、話したくて〜！」

「そんなに嬉しいもんですか？」

「もーもーもー、チョーーッ嬉しいっ！」

おにーさん、それじゃあ、そのへんのコギャルだってー。

玲は、ゲンナリと顔をしかめると、さっき若宮が落とした眼鏡を拾って、カッターシャツのポケットに入れてやる。

「なんか、25には見えませんね。もうー不気味なほど乙女で、可愛《かわい》いですよ」

「……可愛い？」

「18の小娘に、そんなこと言われるのは、ショックですか？」

「いや…。譲の好みって、可愛い系だなーと思って」

「そうですね。前髪を上げてた時は、センスの悪い男だと思ってましたけど。下ろすと、意外と譲の好みにヒットしてるかもしれませんよ」

「そ…そうかな…？」

童顔と言われるのがイヤなくせに、若宮は今日も前髪はしっかり下ろしたままだ。

『ホントに拓《たく》と同《おな》い歳《どし》か？』

と、譲に言われたことがあったが、考えてみると、あれは初めて発せられた譲の言葉で、実は大事な意味を持っていたのだと気づいたからだ。

つまり、意識して冷酷《れいこく》な印象《いんしょう》に見えるように前髪を上げている時には、譲もそれを若宮の外面だと感じて、身構えるのだと。

実際、前髪を下ろしている時の方が、譲の警戒心《けいかいしん》も薄《うす》れているのだ。

「それ、譲対策でしょう？」

玲は、ズバリと核心《かくしん》を突いてくる。

「でも、そうやって可愛い系を狙《ねら》うかぎり、凜《りん》の身代わりにされる可能性もあるわけですよ。それでもいいんですか？」

と、若宮が、考えまいとしていたことまでも。

「それに、本物、来ますよ」

「え…、今日？」

「ええ、これから毎日。舞台のデザインをしなきゃならないから。大学の仲間連れて」

「毎日……」

ゴクリと、若宮は、落胆《らくたん》の息を呑《の》む。

「凜と顔を合わせるのは、ちょっとイヤでしょう？」

「…………………」

本当にイヤなのは、凜と顔を合わせることではなくて、凜を愛している譲を見ることだ。

そして、何より、凜と比べられることが――…。

「そっか…、凜君が来るのか……」

「ええ。それと、差し入れはありがたいんですが。これからは本番に向かって、みんな緊張してくる。できれば、稽古場に入るのは、やめていただきたいんです」

「……え…？」

「もちろん、あなたはスポンサーですから、全《まった》くの部外者じゃありませんけど。舞台に関《かか》わりのない人間に出入りされると、ちょっとね……」

「気が散るってことか？」

「ええ、譲も、スランプのどん底だし」

「俺にできることは、ないってわけだ……」

「そんなことはありません。あなたは、譲に心地よい寝場所を提供してくれている。それだけで十分なんです」

「……十分…か…」
若宮はノロノロと立ち上がり、ズボンについた埃《ほこり》を払う。
「わかったよ。もうおじゃまはしない」
背中でそう言って、そのまま階段を上り始める。
薄暗い地下から1歩上がるごとに、眩《まぶ》しい初夏の青空が広がっていく。
なのに、若宮の心は、沈んでいくばかりだ。
凜が来る。
これから毎日、譲のそばに、一番大切な人が姿を現す。
兄弟という以上に、凜はスタッフとして、譲に力を貸すことができる。
一つ舞台を作り上げるための、大事な仲間なのだ。
それは、もしかしたら、恋人より、兄弟より、強い絆《きずな》なのかもしれない。
演劇オンチの若宮には、どうあっても作れない……絆……。
それこそが、たぶん譲にとって一番大事なものなのに。
(なんてちっぽけなんだ、俺は……)
たった一晩、一つベッドで眠っただけで、いい気になっていた。
こんなに近づけたと、浮かれていた。
たかが部外者の一言で、切り捨てられる程度の存在でしかなかったのに。

どれほどスポンサーを気取っても、額《ひたい》に汗していっしょに舞台を作っていく仲間には、どうしたってなれっこない。

金では心は動かせない。

あの稽古場の中に、自分の居場所はない。

どんなに近づきたくても、譲が一番譲らしくいられる世界の中には、入れないのだ。

そのことに、気づいてしまった——……。


やっぱり、いいことだけは続かない。

喜びの後には、ちゃんと失望が待っている。


見事なくらい、バランスよく。

7　告白の行方《ゆくえ》

稽古場《けいこば》への出入りを差し止められてしまった若宮《わかみや》は、熱帯夜の歩道で額《ひたい》に汗しながら立ちつくし、帰途《きと》につくメンバーを待ちかまえ、偶然を装《よそお》って居酒屋に誘うという、涙、なぁーみだの作戦に出たのだった。


夜も7時をすぎれば、凜《りん》も恋人の元へと戻っていくから、顔を合わせずにすむ。

普段は社員にさえ奢《おご》ったりしないのに、『他人のために無駄《むだ》な金を使うな』という家訓《かくん》を見事に破って、出血サービスの大盤振る舞いだ。

「さあ、遠慮《えんりょ》なく、呑《の》んで、食って、騒いでくれ！」

と、らしくもないはしゃぎようで、場を盛り上げる。

こうやって、譲《ゆずる》の仲間達に取り入るしか、その輪に入ることができない。

「聞きましたよ、若宮さん。ついに譲との会話に成功したんだってねー」

最年長でリーダー格の高部《たかべ》が、むさ苦しい髭面《ひげづら》を向けてくる。

（こいつはガタイはいいんだけど、顔は趣味じゃないんだよな～）

と、内心で思いつつも、譲の仲間ってだけで笑顔を向けられる。

「会話ってほどのもんじゃなかったけどね。なんか、幼稚園児並みの、単語の羅列《られつ》の応酬《おうしゅう》だった。それも一度だけだし」

実際、会話らしい会話があったのは、あの日だけ。

以来、たまにポツリと言葉を発するくらいで、譲はほとんど沈黙モードを続けている。

いっしょにお風呂、なんて、美味《お い》しいシチュエーションも、あれっきり。

日々は、進展も後退もなく、淡々《たんたん》とすぎている。

それが、よけいに若宮を焦《あせ》らせる。

『神々はかく語りき』の初日は、もう1週間後に迫っているのだ。

公演が始まれば、譲は劇場近くの仲間の部屋に泊まり込むことになっている。

つまり、譲といっしょに暮らせるのは、あと1週間だけなのに……！

だが、この3週間あまりの暮らしで、距離はどれだけ縮《ちぢ》まったというのか？

せめてもう少し、会話らしい会話を交わしたいのに――……。

「まあ、単語でも、聞けただけマシじゃないっすか。譲は、公演が近づくと、どんどんしゃべらなくなるヤツだからー」

と、高部に返されて、ガックリと肩を落とす。

「特に今回は、ちょいスランプ気味だからー。くだらない世間話で、集中力を乱してる場合じゃないはずなんだ」

「スランプって、まだ続いてるの？」

「まだまだじゃん。今だって完璧《かんぺき》にトリップしてる。こっちの会話なんて、なぁーんも耳に入ってないな、ありゃあ〜」

言われて、譲に視線を向ける。

一応人間らしく、呑んだり食ったりはしてるようだが、相変わらずの沈黙モードだ。

「ボーッとしてるようでも、周《まわ》りのことは見えてるのかと思ってたけど……」

「それは、演技中でしょ。演技ってのは、周囲や観客との呼吸が必要だからね。でも、今は違う。周りにいるのは、譲のことをわかってる連中だけだ。たとえどんな奇行《きこう》を始めても、俺達がなんとかしてくれると思ってるから、完璧に飛んじゃってるな。だから、ほら……」

と、高部は、譲の手元を示した。

テーブルには色々な品が並んでいるのに、譲は、ずっと同じ速度でナッツを摘《つま》んでは口に運び、そしてビールを呑むという、単調な動作を繰り返しているのだ。

「あれ、機械的に手を動かしてるだけなんすよ。そのうちジョッキが空《から》になっても、気づかずに呑み続けますよ」

「…ウソだろう？」

だが、譲の手は、いっこうに他の皿に伸びようとしない。

隣に座っていた女が気を利《き》かせて、ナッツとチキンの皿を取り替えてやると、ようやく譲はチキンを摘んで食べ始めた。

ここまで無防備、無意識、無頓着《むとんちゃく》の譲にお目にかかるのは、若宮も初めてだ。

少なくとも、若宮の部屋では、食べたいおかずがあれば、自分で箸《はし》を伸ばしている。

「赤ん坊並みに、周り中で面倒《めんどう》見てやらなきゃならない。まったく、やっかいなヤツだぜ〜」

高部は、自慢の髭を撫《な》でながら言うが、その声音《こわね》は、言葉ほどには呆《あき》れてもいない。

それが譲だから。

そんな譲でも許容《きよよう》してくれる連中だけが、集まっているから。

そして、譲も周囲に頼りきっているから、完璧にトリップしていられるのだ。

上げ膳《ぜんす》据え膳しているつもりだったが、今の譲を見ると、まだまだ若宮は信用されていなかったのだと思い知らされる。

もう3週間近くいっしょに暮らしているのに、まだこんなにも遠い。

あと1週間しかないのに、ちっとも近づいてなんかいない。

何か……、何か、この距離を埋《う》める方法はないのか？

せめて、この公演が終わっても付き合っていきたいと、伝えなければ。

でも、どうやって？

今の状態の譲に何を言っても、それこそ馬の耳に念仏《ねんぶつ》だ。

スランプが続いているなら、なおさら、他《ほか》のことなどどーでもいいはず。

（あれ…、でも、スランプって……？）

ふと、妙《みょう》なことに気がついて、若宮は席を移動して玲《れい》の隣に腰掛ける。

「何か？」

横目で、玲が探《さぐ》るような視線を送ってくる。

「脚本を書いたのは君だろ。なのに、どうして譲がスランプに陥《おちい》るんだ？」

と、ストレートに切り出した。

「どーゆー意味です？」

「だから、譲の才能を熟知《じゅくち》している君が、どうしてわざわざ、スランプに陥るような脚本を書いたんだ？」

「私が？」

「君がだ」

「どうして？　あなたも稽古を見たでしょう。最初から最後までジッと瞑目《めいもく》し続け、沈黙とわずかな表情の変化だけで感情を表現する。セリフは最後にほんの二言。これこそ譲の得意技じゃないですか」

「動くか動かないかなんて、表面的な部分じゃない。ようは、感情が理解できるかどうかなんじゃないか？」

「あー、けっこう鋭《するど》いですね。色恋沙汰《ざた》で、ボケてるかと思ってたのに」

玲は、あはは〜と、わざとらしく笑った。

「これでも他人《ひと》を動かして仕事をしてるんだ。誰がどの仕事に向いているかを判断する能力もあるし、造反《ぞうはん》を企《くわだ》てそうなヤツもピンとくる。君なんか、その一番の候補だな」

「造反を企てる前に、私は自分で事業を興《おこ》しますよ」

「つまり、今回の公演は君が仕切った事業ってことだ。なのに、譲がスランプに陥ったってことは、君が適材適所を誤ったか、もしくは、ワザとそうしたからだ」

「ふふ…。核心《かくしん》に近づいてきましたね」

「君の性格からすると、ワザとだな」

「私がそんなことをする、メリットは？」

「譲の能力を試《ため》すためか。もしくは、自分が譲より優《すぐ》れていると証明するため」

と、若宮は玲に詰《つ》め寄った。

「君と譲は同じ遺伝子を持っている。でも、君の主張では、女は男より優《すぐ》れた生き物なんだから、君は譲より上じゃなきゃならない。『動の玲、静の譲』と比較されてるらしいけど、優劣つけがたいってあつかいは、女を優位と考える君のプライドに障《さわ》るんじゃないのか？」

「…………」

笑みは絶やさないまでも、この時初めて、玲は返答を渋《しぶ》った。

　そして、若宮も確信する。

「だから、君は譲を試したんだ」

「……あなたは、男にしちゃあ鋭い方だ」

「そりゃあ、世界中から女が消えてくれればいいと思ってるからね」

「なるほど。正反対の立場で、私の考えがわかるってワケだ」

　玲は、納得顔で頷《うなず》いて、でも、と言葉を継《つ》いだ。

「私だって、公演は成功させたいんです。譲が自分には無理だと折れてさえくれれば、その時点で、脚本を書き換える予定だったんです。それを断ったのは、譲自身ですよ」

　いつだったか、譲を囲《かこ》んで、皆が深刻そうに相談していたことを思い出す。

　あの時、玲は、声高《こわだか》に脚本を書き換えることを提案していた。

　だが、演技者としての揺るがぬプライドを持つ譲が、そんな逃げの手を認めるわけがない。

「譲が、自分から折れるはずがない」

「そうなんですよ、あの頑固《がんと》者わ〜。で、今はマジで困ってます」

「自業自得《じごうじとく》だな」

　と、立ち上がろうとする若宮を、今度は玲の手が引き留めた。

「もう君と話すことはないよ」

「こっちにはあるんです」

玲は若宮の肩に腕を回し、女とも思えぬ力業《ちからわざ》でしっかりと押さえ込む。

「聞く気はない。君がどこまで卑劣《ひれつ》な女かはよくわかった。そういえば、譲も言っていた」

「譲が、私のことを？」

「君は、ケツの毛までむしる女だって」

さすがの玲も、いきなり飛び出した下品な表現に、思わず形よい眉《まゆ》を顰《ひそ》めた。

その反応に、ようやく若宮の溜飲《りゅういん》も下がる。

「だから、もう君の言うことは、なぁーんにも聞かないぞ」

と、宣言してるそばから、玲は若宮の耳に囁《ささや》いてくる。

「言霊《ことだま》って、知ってます？」

「知らない、知らない！　聞かない、聞かない！」

ブンブンと首を振っているが、玲は隣で勝手に語り出す。

「言葉には霊力《れいりょく》があるって考えです。声に出したとたん、言葉には力が宿《やど》り、それが現実になるって。まあ、一種の呪術信仰《じゅじゅつ》のようなものですけど」

「それがどーした、俺には関係ないね」

「うっかりしたことは言わない方がいいってことです。たとえば、大学入試を直前に控えた友人に、からかい半分に『お前は絶対に入試に落ちる』なんて言ってしまって、もしもそれがホントになってしまったら？」

「俺は、からかい半分で、そんなことは言わないね」

「まあ、お友達のいない人の意見は、このさい置いておいてー」

「誰がお友達がいないってー？」

「ともかく、普通の友人同士なら、言った方も、言われた方も、いい気はしないでしょう。俺があんなことを言っちまったからだとか、あいつが妙なことを言ったからだとか、互いに気まずくなるでしょう？」

お友達のいない若宮には、どーでもいいことだが、まあ、普通はそうだろう。

「でも、私に言わせれば、言葉に力があるわけじゃない。勝手に自分の責任だと思い込んでしまう人間が、結果的に言葉に力を与えてしまうんですよ」

「だからー、それが、なんだってゆーんだ？」

「譲は、その典型《てんけい》です」

突然、譲のことに話が振られて、それまで逃げようとジタバタしていた身体《からだ》が、ストンと椅《い》子《す》に収まってしまう。

耳を貸してはいけないと、わかっているのに。

絶対、何か裏があるはずなのに。

「譲があまりしゃべらないのも、自分の言葉には力があると思ってるからですよ。言ったことはすべてホントになると」

「……なるのか？」

「なりますよ。あいつは、ウソやおべっかの一つもつけないバカ正直野郎ですから。できないことは口にしません」

つまり、できることと、ホントのことだけしか言わないから、当然、実現する可能性も高くなるってことなのだ。

「あいつが、たとえ単語であろうと、あなたとしゃべったってことは、ウソをつかなくてもいい相手、つまり信頼できる相手だって認識したからです」

鼓膜《こまく》を揺らす、心地《ここち》のいい言葉。

でも、聞いちゃいけない。

玲の瞳《ひとみ》には、何かを企《たくら》んでいる時の狡猾《こうかつ》な光が、煌《きら》めいている。

「で、言霊ですけど……」

「や…やっぱり、いいっ！　もう聞かない」

「言った言葉は本当になるんですよ」

「やめろ…！」

「黙っていても何もおこらない」

「ぜぇーったい聞かない～！」

「好きなら、告白しないとね」

慌《あわ》てて両耳を塞《ふさ》いでみても、もうすでに耳に入ってしまったことは、聞かなかったことにはできはしない。

——言葉には力がある。好きなら、告白しないと伝わらない。


若宮は、今まで一度だって、自分から好きだと言ったことなどない。

だが、言葉に出さなければ、いくら想《おも》っていたって伝わらない。

本当に口から発したとたん、言葉は力を持ち、想いを現実に変えるパワーを発揮するのだろうか？

(うわぁ〜！　ダメだ、ダメだ、もう暗示にかかってる〜☆)

もしもこの世に言霊なんてものがあるとすれば、玲の言葉こそがそれだ——……！

信じてはいけないとわかっているのに、ついつい耳を向けてしまう。

魅力的な声音《こわね》。

抗《あらが》えない誘惑《ゆうわく》。

言葉に力があるんじゃなくて、言葉に力を与えられる人間がいるんじゃないか。

そう、確かに。

有栖川《ありすがわ》玲こそ、言霊を発する魔女だ——！

＊

『言葉には霊力がある』

聞かなきゃよかった、あんなこと。

『声に出したとたん、言葉には力が宿り、それが現実になる』

告白なんて、考えたことのない若宮の心を揺らす、妖《あや》しい呪文《じゅもん》。

そのことばかりが頭に渦《うず》巻いて、譲と二人して沈黙モードを続けたまま、ようやく帰り着いた部屋に1歩入ったとたん、若宮は、あれと目を瞬《またた》かせた。

玄関のたたきに、若宮のでも譲のでもない、でも、見覚えのある靴が揃《そろ》えてあったのだ。

「ゲッ…!?」

その靴の持ち主に思い当たったとたん、若宮は、背後に控える譲のことさえ頭から吹き飛ばし、超特急でリビングの中に飛び込んでいった。

「兄さん――!?」

悠々《ゆうゆう》とソファーに座っていたのは、兄の篤志《あつし》だった。

弱冠《じゃっかん》29歳で、ディスカウントショップ『YOUNG・LIFE』の社長を務《つと》める男。

「なっ…何しに…？」

この部屋自体、会社で借りているものだから、当然ながら家族はスペアキーを持っている。が、今まで兄が、こんなふうに留守の間に入り込んでいることなどなかった。

若宮に続いて、譲がノソノソとリビングに姿を現すと、篤志の顔がいきなり不快の色に染まる。

「やっぱり、そーゆーことか」

「やっぱりって…、なんのこと…？」

「こっちこそ訊《き》きたいな。その男はなんなんだ？」

「だから、話したろ。譲は…、彼は、稽古場を貸している劇団のメンバーさ。有栖川良桂《りょうけい》って有名な演出家の息子なんだぜ」

「その有名演出家の息子が、どうして、毎日、お前の部屋に泊まり込んでるんだ？」

問いただす間も、篤志は眉間《みけん》に深い縦《たて》ジワを作ったまま、まるで品定めでもするように、譲を眺《なが》め回している。

「毎日って…、なんでそんなこと知ってるの？」

「知ってるさ、それくらい。俺の情報網を嘗《な》めるなよ」

「嘗めちゃいないけど…」

「だったら、そいつがここにいる理由を言ってみろ」

「それは…、ここが稽古場に一番近いからだよ。稽古場に泊まり込むのも、野宿《のじゅく》をされるのも困るから…」

「いかにもって理由だな」

フンっと、篤志は鼻で笑う。

「いかにも何も、そーなんだから……」

「わかってるんだぞ。お前の男だろう」

「……え……？」

「愛人ってヤツだろう」

「な…何……!?」

お前の男…？　愛人…？

何もかも見透《みす》かすような兄の視線に、若宮の両手が小刻《こきざ》みに震えてくる。

「見て…わからないの。彼…、お…男だぜ……」

必死に言い繕《つくろ》おうとするが、頰《ほお》が引きつって上手《うま》く言えない。

「男だからだ。お前、ホモじゃないか」

たっぷりと侮蔑《ぶべつ》を含《ふく》んだ、その言葉を聞いたとたん、頭の中が真っ白にスパークした。

「………なに…を…？」

「ホモだろう。そんなこと、とっくにわかってるさ。俺は知らんけど、姉貴はお前の女に、何度やっても成功しないって、SEX相談までされてたらしいぞ」

「…………………！」

驚きと恐怖に、声も出ない。

喉《のど》が、カラカラに渇《かわ》いている。

ドクンドクンと不規則に脈打《みゃくう》つ鼓動《こどう》が、うるさい。

「それでも、どうやら男がいる様子もないし、親父《おやじ》の会社に就職したんだから、もう諦《あきら》めたとばかり思ってたのに。こんな得体《えたい》の知れない男を連れ込みやがってっ！」

吐き捨てて立ち上がるなり、篤志は大股《おおまた》で譲のそばに歩み寄っていく。

「待って…、違う……」

慌《あわ》てて、その手にすがる。

「譲は、ホントに違うんだ…！」

「うるさい、お前は黙ってろ！　何もかもわかってるんだ！」

「兄さん……！」

ホントに譲は関係ないのに。

だが、いったん頭に血が上った篤志に、どう言えば理解してもらえるのか？

もうこうなったら、白状するしかない。

家族に知られたくないばかりに、必死に隠してきたことを。

上手《うま》く隠しおおせていたと、お気楽にも思い込んでいたことを。

何があっても認めはしないと、誤魔化《ごまか》し通してやると思ってきたことを。

それでも、関係のない譲に、兄の怒りの矛先《ほこさき》を向けるさせるわけにはいかないから。

「俺は…、俺は確かに男が好きだけど、譲は関係ないんだっ――――!」

とたんに、激しい勢いで振り払われる。

「お前はっ――――…!」

ヒクつく口元。

ギラギラと怒りに燃える双眸《そうぼう》。

短気な兄だし、しょっちゅう殴《なぐ》られたこともあるが、ここまで恐ろしい形相《ぎょうそう》を見たことがあったろうか?

「恥を知れぇっ――――!」

怒りのままに振り上げられた右拳《こぶし》を見た瞬間、

(殴られる――――…!)

と、とっさにギュウッと目をつむる。

なのに、どれだけ待っても、想像した衝撃《しょうげき》は訪《おとず》れない。

「……イテテ…!　放せ、このっ――――…」

妙に情けない篤志の声につられて、目を開ける。

そこに、背後から譲に羽交《はが》い絞《じ》めにされ、呻《うめ》く兄の姿があった。

「こっ…この馬鹿力《ばかぢから》野郎…、手を放せっ〜！」

ヤクザ相手に殴り合ったこともある篤志は、たかが俳優ごときに押さえ込まれている自分が信じられないのか、必死に譲の手を振り解《ほど》こうともがいている。

「譲、放すんだ。兄さんに乱暴したら、もう公演どころの話じゃなくなるぞ！」

慌てて止めに入る若宮だが、譲は、いっこうに腕の縛《いまし》めを外そうとはしない。

「譲ってば放せよっ！」

譲の手を取って、無理矢理に外させる。

「……ってぇ〜！」

よほど強く握られていたのか、腕をさすりながら、篤志は何か得体の知れないものでも見るような怪訝《けげん》な顔で、離れていく。

「なっ…なんだ、こいつは…？」

「だから、俳優だって言ってるだろ。何を勘違《かんちが》いしてるか知らないけど。ホントに譲は関係ないんだよ」

「だったら、お前のその髪はなんだ？　前髪を下ろし始めたのは、そいつが泊まり込むようになってからだろう？」

やはり、弟の突然の変化を、篤志もずっと怪《あや》しんでいたのだ。

「みっともねぇ。色気づいた女みたいにっ――！」

侮蔑の言葉が、ギリリと胸に突き刺《さ》さってくる。

わかっていた。

こんなふうに誹《そし》られるのは。

それでも、実の兄にぶつけられる言葉は、痛い。

物心ついた頃から、自分が周りと違うことには気づいていた。

どうして、どうして自分だけ、こんなふうになってしまったんだろう？

友に、先輩に、教師に、淫《みだ》らな欲望を覚えて、悩みに悩んだ思春期。

高校時代、大事に育てようと思った唯一《ゆいいつ》の恋も、抱かせないからというそれだけの理由で、壊れてしまった。

女を抱く努力だってした。でも、どうやっても勃《た》たないのだ。

25の今まで童貞でいることが、どれだけ恥《は》ずかしいことか――…。

どうせなら、マトモに生まれてきたかった。

誰からも認められる恋ができる人間でいたかった。

だれも、好きでホモになったわけじゃないんだ――…！

「…俺は、女なんだよ…。たぶん、生まれ間違えたんだ……」

「開き直るなっ！」

再び篤志の右手が上がったのが見えたとたん、目の前が真っ白なシャツで遮《さえぎ》られた。

譲が若宮を庇《かば》うように、二人の間に割って入ったのだ。

「……な…？」

人間のものとも思えぬ譲の素早さに、篤志の勢いが陰《かげ》る。

「薄気味悪い野郎だぜ…。関係ないってんなら、すぐに追い出せ。親父《おやじ》が決めたことだから、今度の公演のスポンサーは続けてやるが、二度とこいつとは逢《あ》うな」

「兄さん……」

「疑われるようなことはするなって言ってるんだ。俺だから、これですんでるんだ。もしも親父にホモだなんてことがバレてみろ、勘当《かんどう》もんだぞっ！」

『勘当』の一言に、ビクリと若宮の肩が震える。

「それだけじゃすまない。会社だってクビだ。この部屋だって取り上げられる。もちろん財産なんて一銭ももらえない。それくらいの覚悟《かくご》はあるんだろうな？　親父らの世代に、同性愛なんてのを理解しろってのが無理なんだぞっ！」

容赦《ようしゃ》ない兄の言葉が、若宮を切り裂《さ》いていく。

「それとも、可愛《かわい》がられてる末っ子だから、そこまではされないと高をくくってるのか？」

「そんなこと……」

「ねーよな。自分がどれだけ非常識なことをしてるかは、わかってるんだろうからな。こんな恥さらしなこと、親戚《しんせき》にも言えねえ。てめえの息子がカマだなんて、そんなスキャンダルになるくらいなら、親父は容赦なくお前を切り捨てるぞ」

「…………」

そんなこと、わかっている。

だから、必死で隠してきた。

でも、いざ、こうやって非難されると、そこまで悪いことをしているのかと疑問が湧《わ》き上がってくる。

確かに、同性愛なんて異常なことだ。

普通の神経では納得《なっとく》できないだろう。

でも、白い目で見られることなど、今に始まったことじゃない。

幼い頃から、金貸しの子供だとからかわれてきた。

借金を返しきれず、どこかの家が夜逃げしたり、どこかの会社が倒産したり、そのたびに、あいつの親父のせいだと罵《のの》られてきた。

それでも仕事なのだから、借金を踏み倒して逃げる人間にも非はあるのだからと、稼業《かぎょう》を恥じるまいと思ってきた。

仕入れとは名ばかり、相手の弱味につけ込んで買い叩《たた》きに回るのだって、本意ではなくても仕事と思えば我慢もできた。

職業に貴賤《きせん》はないから。

自分の親の仕事を貶《おとし》めるようなことはするまい、と思ってきた。

――なのに。

自分の性癖《せいへき》は、これっぽっちも認めてもらえないのか？

それほど許《ゆる》されないことなのか？

それほどの罪なのか？

「俺は…病原菌…？」

「何……？」

「駆除《くじょ》しなきゃいけない…人間…？」

「誰がそんなことを言った。俺は、お前のために言ってるんだ。何もかもなくして、独《ひと》りで放り出されてもいいってのか、お前っ！」

だが、お前のためと言いながら、その目は汚《けが》らわしいものでも見るように、譲にすがっている弟の手を睨《にら》みつけている。

「男なんか忘れろ。見合いでもして、ちゃんと家庭を持て。もう結婚してもおかしくない歳《とし》なんだから」

女相手には勃《た》たないと知っているのに、そんなことを言ってくる。

「結婚して…どうなる？　俺、女とは寝られないんだぜ」

「多紀《たき》っ…、やめろ、そんなこと……！」

「姉貴に相談したのがどの女かは知らないけど、でも、心当たりはありすぎるほどある。誰とも成功しなかったからな。一度も…、一度もやれなかったんだ……」

「よせっ！」

「兄貴こそ、わかってんの？　結婚なんてできるわけないだろう。25にもなって、俺はまだ童貞なんだぜっ――……！」

「――――!?」

篤志の両目に、今度こそ、信じられないと言わんばかりの驚愕《きょうがく》の色が広がる。

「俺だって…、なりたくて、こーなったわけじゃ…ない……」

どうして…？

どうして、譲の前で、こんな惨《みじ》めな告白をしなきゃならないのか？

どうして、ここまでみっともない姿を見せなければならないのか？

「俺だって…、マトモに生まれたかったんだ――…」

ズルズルと力無く、その場に膝《ひざ》をつく。

誰にわかる？

この無念さが。

望んで、こんな性癖に生まれたわけじゃない。

ただ気がついたら、男しか愛せなかった。

それでも、必死に、女と付き合おうと努力もした。

好みの男には、あえて近づかないようにしてきた。

同性に抱いた淡《あわ》い恋心は、目覚めた瞬間に摘《つ》み取ってきた。

身体《からだ》だけの満足を求めるようなこともしなかった。

ひたすら、我慢《がまん》して、我慢して、我慢して……、ようやく、そばにいることだけは許された相手を見つけたのに。

妄想《もうそう》は抱いていても、実際に恋愛関係になれるなんて、思ってもいない。

演劇一途《いちず》の譲が、自分を振り返ってくれるなんて、あるはずもないのはわかっている。

ただ、そばで見続けていられればと。

この部屋の中に譲の息吹《いぶき》を感じていられれば、それでいいと。

たったそれだけの望みさえ、許されないことなのか――…？

「だったら、俺を…、マトモにしてくれ…！」

掠《かす》れ声で、叶《かな》うことのない願いを吐き出す。

「ホルモン注射とか、手術とかでどーにかなるなら、すぐにでもしてくれ。女が抱ける身体にしてくれっ――…！」

それだけ言うと、もう何も聞きたくないと、両耳を塞《ふさ》ぐ。

崩《くず》れていく身体を支えるように、譲の手が触れてくる。

それを見ていた篤志の目に、カッと怒りの炎が燃え上がる。

「俺の弟に触るなっ！」

飛びかかってくる篤志の気配《けはい》を背後に感じながら、譲はタンと軽く床を蹴《け》って宙に舞うと、今度こそ容赦《ようしゃ》ない回し蹴りを篤志の顔面にお見舞いした。

ドガッ――――！

と、鈍《にぶ》い音とともに、兄の巨体が吹っ飛んでいくのを、若宮は唖然《あぜん》と見つめていた。

それ以上に、篤志の驚きは大きかったのだろう。

「……あ……？」

ヤクザを相手にも引かない自分が、たかが俳優に蹴り飛ばされ、無様《ぶざま》に床に這《は》わされている。

その事実が信じられないとでも言うように、篤志の目に怯《おび》えの色が走る。

譲が、小さく告げる。

「……出ていけ」

人でありながら、獣《けもの》の唸《うな》りを思わせる声が、部屋に低く響《ひび》く。

「こっ…ここはウチの会社の持ち物だ……」

と、それでも強がる篤志は、次の瞬間、ギョッと身体《からだ》を硬直《こうちょく》させた。

それまでの無表情の仮面を脱ぎ捨て、譲はゆっくりと変貌《へんぼう》していく。

牙《きば》を剝《む》き出し、
血走った両目を見開き、
異様な形相《ぎょうそう》をした生き物へと。

腹筋と横隔膜《おうかくまく》によって生み出された息は、喉元《のどもと》をすぎる間に大きな振動を加えられ、さらに自在に動く舌《した》と唇《くちびる》でもって、この世のものとは思えぬ怪異《かいい》な咆吼《ほうこう》に変換させられる。

「グゥアアアアアア――――――ッ……!!」

夜の静寂《せいじゅく》に響《ひび》くそれを、もしも聞いた者がいるなら、身震《みぶる》いして家に駆け込んだだろう。

あまりの驚きに、篤志は恐怖に顔を引きつらせ、ジリジリと後ずさる。

譲の頰や喉の筋肉は、叫び声と連動して、ピクピクと不気味な痙攣《けいれん》を繰り返している。

まるで今にも顔がパックリと割れて、中から得体の知れないグロテスクな怪物が飛び出してくるかのような――……!

「ヒイッ――……!?」

本邦初公開、譲が長年磨《みが》きに磨きをかけてきた演技を目の当《ま》たりにした篤志は、腰を抜かしたまま、這《は》いずるように逃げ去っていった。

幼稚園のお遊戯《ゆうぎ》会で初めて鬼の役をやった時から、いつか誰もを怯えさせることのできる完璧な異形《いぎょう》をやってみたいというのが、譲の夢の一つだったのだが。

どうやらそれは、見事に達成されたらしい。

「……すごい…！」

状況もわすれて、若宮は、感嘆《かんたん》の声を上げてしまった。

「まだまだ」

すでに人間に戻っていた譲は、素直すぎる感想に照《て》れたように、視線を逸《そ》らせる。

だが、若宮には、それが自分を疎《うと》ましく思っての行為に見えてしまった。

「悪い…、黙ってて…。ホモの男と一つベッドに寝てたなんて、気持ち悪かったろ…」

譲にだけは知られたくなかった、自分の性癖《せいへき》。

いつもと変わらぬ無表情の横顔に嫌悪《けんお》の色は見えないが、だからといって何も感じていない証拠にはならない。

譲に、同性愛者への偏見《へんけん》があるとは思えないが、だが、それを隠していたってこと自体に不快感を持っているかもしれない。

(なんとか…、なんとか誤魔化《ごまか》さないと……)

この期《ご》におよんで、保身ばかりを考えてしまう。

なにも恋人になりたいってわけじゃないんだから。

ただそばにいられれば、いいんだから。

これからも、付き合っていければ、それだけでいいんだ。姿を見て、一方的にでも話ができて、好きな人に何かしてあげてるって満足感だけでも、十分なのだから。

ようやく巡り逢えた理想の男と、これっきりになんてなりたくはない。

「ゴメン…。なんか、妙なことに巻き込んじゃって。でも、ホモったたって、高校の時、テニス部の先輩とちょっと付き合ってたくらいで。べつにSEXとかしたわけじゃないし…。それ以来、ぜんぜんそっち系の付き合いはないし――…」

必死に作った誤魔化し笑いは、きっと、醜《みにく》く歪《ゆが》んでいることだろう。

「男なら誰でもいいってわけじゃないし…。俺はさ、理想が高いから、ちょっと欠点があるヤツは、もうダメで。ホント、SEXフレンドとか取っ替え引っ替えする連中とは違うんだ。もう、ひたすら理想を追いかけてるだけだから――…」

無駄《むだ》なことを言ってるとわかっているのに、口が止まってくれない。

「あ…、でも、ヤダなーとか思ってるなら、俺はソファーに寝るから。つまらないことで、せっかくのいい関係壊したくないしー。ご…誤解しないでくれよ。俺、マジで譲をどうこうなんて思ってないから……」

次から次へと繰り出されるウソを、聞いているのか、いないのか、譲は黙ったまま若宮の前に座り込んだ。

一瞬、視線が合う。

「――――！」

その清冽《せいれつ》さに、思わず言葉を呑み込む。

真《ま》っ直《す》ぐな目だ。

偽《いつわ》りを見抜く、厳《きび》しい目だ。

俳優として人間観察を続けてきた男を前に、こんな誤魔化しが通用するはずがない。

そう思ったとたん、つまらない言い訳を繰り返す自分が、惨《みじ》めに思えてきた。

「……なんて…な…」

フッと、口元に虚《むな》しい笑みが浮かんでしまう。

考えてみれば、拓《たく》も玲も、一目で若宮を同性愛者だと見破った。

譲に、わからないはずがない。

「…ゴメン。兄貴の言ったことが…ホント……」

だから、もう白状するしかない。

「特別付き合ってる相手はいないけど…、男しか好きになれない……」

これで離れていくのなら、もうどうしようもない。

見てるだけでいい。

想っていられればいい。

そんな純情を貫《つらぬ》いてきたつもりだけど、時々は妄想の中で譲を穢《けが》してしまったから、これで嫌われても自業自得なのだ。

最初から言っておけばよかった。

それが無理でも、譲が話しかけてくれた時に……、それはつまり、若宮を信用してくれた証《あかし》なのだから、あの時に告白しておくべきだったのだ。

なのに、なまじ諦めていたことが叶ってしまったから、よけいに失うことが怖くなって、肝《かん》心《じん》のことが言えなくなってしまった。

今さら後悔してもしょうがないけど、もう言い訳するのも見苦しいし……。

「理想の男はいる…。ものすごく身近に……」


『言葉には霊力がある』

蘇《よみがえ》るのは玲の言葉。

『声に出したとたん、言葉には力が宿り、それが現実になる』


それがホントならば――…。

「俺は、譲が……」

「言うな！」

「もう知ってるなら、かまわない……！　俺は譲が……」

「聞きたくないっ！」

頑《がん》として聞こうとしない譲に向かって、精一杯《せいいっぱい》の声を張り上げる。

「譲が好きなんだっ――……！」

その瞬間――……、部屋の空気がシンと凍《こお》りついた。

まるで時間が止まったかのように。

譲の動きが、呼吸が、鼓動さえ止まったかに見えた。

「……譲……？」

これは、いつもの瞑想《めいそう》の演技か？

「おい…、どーしたんだよっ……？」

揺さぶろうと、両手を肩にかけてみて、驚いた。

筋肉はガチガチに硬直している。

まるで、石の置物でも相手にしているように、押しても引いてもビクともしない。

「……まさか……？」

拓が言っていたことを、思い出す。

『彫刻となると、マジで瞬《まばた》きもしないぞ』

確か、そんなことを。

片手を上げたまま、半日でも微動《びどう》だにしないでいられるのだと。

「……じゃあ…」

これが、その演技なのか？

命の温《ぬく》もりさえ感じさせない、硬直したこの姿が。

ここにいるのは、もう譲ではない。

人ですらない。

ただの彫刻。

若宮の声など聞こえない。

言葉を理解することもない。

それ以前に、心などない。

ただの凍りついた石の彫像――……！

譲は、石になることで、若宮の告白を聞かない道を選んだのだ。

「狡《ずる》いよ、譲……」

身体《からだ》を支えていることもできず、ガクリとその場にうずくまる。

「こんなの…、ひどすぎる――…！」

顔を床に伏せ、全身を震わせて訴《うった》える。

せめて…、せめて、一言告白させてくれれば、それで吹っ切れたものを。

忘れることはできなくても、自分の気持ちに区切りをつけられたものを。

譲が離れていくのは、フラれたからだと割り切れたものを。

なのに、なのに……。

「告白すら…させてくれないなんてっ――…！」

若宮は、物言わぬ彫像の前に、いつまでも、いつまでも泣き伏していた。

8　公演に向かって

初演を明日に控え、『暇《ひま》つぶし』のメンバーは、劇場での本番さながらの立ち稽古《げいこ》に入っていた。

若宮《わかみや》は、客席の一番奥に陣取《じんど》って、舞台の様子を見守っていた。

薄暗がりの中、そこなら舞台から見えないだろうと判断したからだ。

さっき玲《れい》に借りた、すでにかなりくたびれた脚本を、パラパラとめくってみる。

以前にも見せてもらったことはあるが、譲《ゆずる》の役どころである『シヴァ神』のセリフはほとんどないと聞いて、はなから読まなかった。

演目など、どうでもよかった。本当に譲にしか興味がなかった証拠だ。

——1週間前の悪夢の夜。

若宮の必死の告白を無視した譲は、翌朝、黙って出ていったきり帰ってこなかった。

覚悟《かくご》はしていた。たぶん、そうなるだろうと。

あれからずっと、若宮には眠れぬ夜が続いている。

稽古場へ足を向けることもできず、譲の匂《にお》いの残った部屋で、ひたすら思い出だけにすがりついて、虚《むな》しい日々をすごすだけ。

が、今日は、劇場側への体面《たいめん》もあるからスポンサーとして顔を出して欲しいとの、なんとも身勝手な連絡を玲から受けて、重い足を引きずりながらやって来たのだが――…。


譲の姿を見たとたん、それまでの鬱々《うつうつ》がウソのように消えてしまった。

心が、羽のように軽く、フワフワと浮き立っていく。

「俺って、安上がり……」

抑えきれない照《て》れ笑いが、込み上げてくる。

あれほど必死な告白を、ないことにされたのに。

もう、忘れてしまえばいいのに。

記憶を探り、必死に嫌える要素を見つけようとしても、少々頭にくることさえもが、くすぐったいほどの甘やかさを伴《ともな》って、鮮《あざ》やかに蘇《よみがえ》ってくるだけ。

餌《えさ》をやろうとして、引っ掻《か》かれたことも。

猫になったり、犬になったりと、翻弄《ほんろう》され続けたことも。

上げ膳《ぜんす》据え膳などと、図々《ずうずう》しい要求を突きつけられたことも。

何もかも譲らしくて、怒る理由が見つからない。

ただ一つ、告白を聞いてもらえなかったことだけが、鋭《するど》く突き刺《さ》さった棘《とげ》となって、ジクジクと胸を苛《さいな》み続けているけど……。

あの夜でさえ、譲は、兄の前に立ちはだかって、若宮を庇《かば》ってくれた。

演技以外の何にもエネルギーを使いたくない男が。

他人のことどころか、自分の日常生活にさえ意識のいかない男が。

確かに、あの瞬間、若宮のために動いてくれた。

それを、優しいと感じてしまったのは、もうどうしようもない。

好きになってしまえば、アバタもエクボなのだ。

どれほど拒否《きよひ》されたって、愛する想《おも》いが消せるわけはない。

気持ちがそれほど簡単に操《あやつ》れるのなら、25歳の今まで独《ひと》りでいることなどなかったはず。

——そんな自分の純情に呆《あき》れながら、脚本に目を落とす。

「セリフは、最後の方に二つくらいとか言ってたよな……」

後ろからめくってみたら、すぐに見つかった。

なにしろセリフそのものが、黒のマジックでキレイに塗《ぬ》り潰《つぶ》されているから、目立つったらないのだ。

余白の部分に手書きの文字で、『譲にお委《まか》せ』と書いてある。

譲のスランプが原因でだいぶもめていたから、セリフ自体を変えることにしたのだろう。

それにしても――…。

（玲のヤツ、脚本家が役者にお委せしちゃうわけ～？　なんか、譲の技量を試《ため》そうとする思惑《おもわく》が、見え見えじゃんかよ～）

やれやれ～と、吐息《といき》一つ。脚本を隣の席に放り投げ、顔を上げたとたん、視界に、あまりお目にかかりたくなかった人物が飛び込んできた。

立ち稽古をしているメンバーの周《まわ》りで、舞台のセッティングのために、凜《りん》を中心に、大学の仲間がスタッフとして忙しそうに動き回っていたのだ。

凜は、チーフデザイナーとして、あちこち飛び回りながら指示を出している。

チョロチョロ走る姿は小リスのようだが、真剣なその横顔には、有栖川《ありすがわ》一族特有の意志の強さが見て取れる。

以前は、ただ可愛《かわい》いとしか感じなかったのに、自《みずか》らの世界を創《つく》り出そうとしている姿には、その名の通り凜々《りり》しさが溢《あふ》れている。

足りないものがあるとすれば、ただ一つ、体力だろう。

なんとも頼りない細腕で、今も重そうな舞台装置をヨタヨタと運んでいるのだが、転ぶんじゃないかとハラハラしてしまう。

（無理しないで、それは他《ほか》の連中に委せろよ～）

などと思っているそばから、凜は、床を這《は》っていたコードに足を引っかけて、機材ごとすっ転んでしまった。

ドスンと、鈍《にぶ》い音がして、いっせいに皆の視線が凜に注がれる。

「……ったぁ～☆」

ぶつけでもしたのか、凜は右の手首を押さえながら、情けない声を上げた。

「こらこら、手伝ってるのか、邪魔《じゃま》してるのか、お前わー？」

玲が、相変わらずの物言いをしながら、それでも真っ先に駆け寄っていく。

『暇つぶし』のメンバーも大学の仲間も、ワヤワヤと凜の周りに集まっていく中、唯一《ゆいいつ》ビクとも動かぬ男がいた。

譲だ――……！

舞台の中央で、何事もなかったかのように、瞑想《めいそう》のポーズをとり続けている。

転んだのは、凜なのに。

あの根性悪の玲でさえも、ちゃんと心配しているのに。

誰より凜を愛しているはずの譲は、身動きするどころか、目も開けない。

「だ…大丈夫、大丈夫～。自分でできるから、みんな続けてー」

凜は、精一杯《せいいっぱい》元気な声を出しながら、常備されていた救急箱を持って舞台から下りると、邪魔にならない場所を求めて歩き出した。

が、皆が持ち場に戻り、劇場の中に活気が蘇《よみがえ》ったとたん、我慢しきれなくなったようにベソっと顔を歪《ゆが》めてしまう。

（やれやれ、赤ん坊だな〜）

しかたなく手を上げて、おいでおいでと呼んでやる。

凛は、キョトンと大きな目を開けて若宮を見ていたが、やがて素直にそばまでやってくる。

「俺がやってやるよ。そこに座って」

「え〜と…、もしかして、若宮さん……？」

腰を下ろしながら、凛が訊《たず》ねてくる。

「ああ。前に一度、稽古場で逢《あ》ってるんだけど、挨拶《あいさつ》するのは初めてだね」

「ごめんなさい。俺、あの時はぜんぜん気がつかなくて……」

「いいよ。それより、手、見せて」

「すみません……」

差し出された凛の腕には、機材の角《かど》でつけたのだろう、10センチほどの擦《す》り傷があった。

「消毒して、包帯巻いておいた方がいいな」

「俺、力ないから……」

シュンと、凛は肩を落とす。

舞台美術を志《こころざ》すものとして、体力不足なのは重々承知《しょうち》しているのだろう。

だが、凜の事情などどうでもいい若宮は、何気に譲のことに話を振る。

「でも、譲も冷たいな。お兄さんが転んでるのに、まったく無視だもんな」

「あー、いいんです、あいつはいつもああだから」

と、凜は気にしたふうもなく、ペロリと舌《した》を出した。

「でも、玲でさえ心配してたのに……」

「譲、完璧《かんぺき》に役に入っちゃってるから。今はシヴァ神になりきってて、俗世《ぞくせ》の出来事は耳に入っても、ただそれだけのことだから」

「それだけの…って、だって兄弟だろう?」

「兄弟だから、わかるんだ。公演前の譲は、ただでさえ他人のことかまってる余裕なんてないのに。今回は、スランプ気味だったこともあって、もういっぱいいっぱいだから」

「…ああ…。そうみたいだな……」

と、返しながら、若宮は、何か妙《みよう》な引っかかりを感じていた。

なんだろう?

凜の言ったことは、散々《さんざん》若宮が味わってきたことで。

譲がそーゆーヤツだなんてことは、わかりきっているのに。

何か、今、とっても大事なことを聞いたような――…。

だが、一瞬の物思いは、次に凜が発した言葉に遮《さえぎ》られてしまった。

「でも、もうスランプは脱出したみたい。ちょっとピリピリしたとこ、残ってるけど、前に比《くら》べればずっと落ち着いてる。若宮さんにも、とてもお世話になったんだって、玲が言ってた」

「玲が…？」

「ありがとうございます。これで明日から、安心して幕を開けられる」

テンパの髪を揺らしながら、ちょこんと頭を下げられて、若宮の方が恐縮《きょうしゅく》してしまう。

（俺のおかげって…、俺は、譲を不快にさせただけなのに……）

告白しようとして、拒絶《きょぜつ》されただけ。

醜《みにく》いだけの欲望を見せつけただけ。

「俺は…何もしてないよ。きっと、譲が自分で何かを見つけたんだ」

凛の腕にガーゼを当てながら、若宮は、横目で舞台をうかがった。

そこにいるのは、譲であって譲ではない。

静かに瞑目《めいもく》し、周囲の人間達の空騒《からさわ》ぎに耳を傾けている、シヴァ神。

「譲の役、シヴァ神って、インドの神様とかだっけ？」

「うん。ヒンドゥー教の、破壊《はかい》と創造《そうぞう》の神」

「玲は？」

「パールヴァティー、シヴァの奥さんだよ」

「兄妹で夫婦役かー」

「玲は皮肉屋だからね。譲の奥さんなんて一番不快な役だからこそ、やってみたかったんじゃない」

「玲らしいなー。あ…、でも、譲のスランプの原因はそれだったりして」

「あー、それはぜんぜん関係ない。譲は玲のことなんて、なぁーんとも思ってないから」

クルクルと巻かれていく包帯を見ながら、凜は、意味ありげに微笑《ほほえ》んだ。

「玲は譲を意識してるけど、譲は玲を意識してない。ライバル心も持ってない。譲は自分を他人と比べたりしないから」

「ああ……」

「でも、玲は、それが面白《おもしろ》くないんだよ。競おうにも相手にその気がない。だから、わざと譲がグルグルしちゃうような脚本、書いたんだよ」

可愛い顔で笑いながら、凜は、ちゃんと鋭いところをついてくる。

「玲のヤツ、自分にとっても、譲にとっても、苦手な役割の脚本を書いて、どちらがそれをより完璧な形でやり抜くかってことで、証明しようとしたんじゃない」

「女の方が優《すぐ》れてるってことを？」

「そう、それそれー！」

思わず凜が、嬉《うれ》しそうな声を上げる。

「なんか、若宮さんって、わかってるー」

「あの魔女には、散々振り回されたからね」

「じゃあ、被害者同盟だ。俺なんかねー、玲の身代わりまでやらされたんだよ」

「被害者じゃないヤツがいたら、お目にかかりたいね」

と、笑いながら、若宮は包帯を留めた。

「はい、できたよ。腕、動かしてみて」

「ありがとうございました」

凛は何度か手首を捻《ひね》り、感触を確かめていたが、やがて、ゆっくりと舞台に視線を向ける。

「いるよ。被害者じゃないヤツ」

と、先ほどの話題に繋《つな》ぐ。

「玲がどんなにムキになっても、譲だけは思い通りにならない。譲は譲だもん。誰のどんな思惑にも左右されない。それが譲なんだから」

「………そうだな…」

それが、譲だ。

誰も関係ないのだ、譲には。

周囲が比較している玲にさえ、対抗心を燃やすことはない。

いっしょに舞台を作り上げている『暇つぶし』のメンバーが、それぞれの劇団に戻った時にどんな活躍をしていようが、興味もない。

一番大切な凜のことでさえ、舞台の上では意識から閉め出す。

誰にも心乱さず、ひたすら自らが信じる演技を追い求めるだけ。

その究極に、冷たく若宮を拒絶した、あの石の演技がある――……！

何も見ない。

何も聞かない。

何もしゃべらない。

周囲のすべてを排除《はいじょ》し、ただそこに転がっているだけの物体となる。

そこまで徹底していれば、いっそ見事だと思う。

だが――……。

「じゃあ、結局、譲のスランプの原因は何だったわけ？」

と、若宮は最初の問いに戻る。

あれほど確固《かっこ》たる信念を持っている譲が、いったい何に悩んでいたのか？

「う～ん、そこが玲の意地悪なところでー」

と、凜は、困ったように眉《まゆ》を〈への字〉に歪《ゆが》めた。

「神様っても絶対の存在じゃなくてー、人間並みに悩みがあるわけよ。人間どもは勝手なことばかりやるし、奥さんには文句を言われるしで、とぉーっても気苦労の絶えない神様なの」

まさに舞台の上では、パールヴァティー役の玲が、夫であるシヴァ神に向かって、愚痴《ぐち》をこぼしているところだった。

『どーにかしなさいよ、このできそこないの世界。チャッチャと壊して造《つく》り直した方が、スッキリするってもんよ』

サリーのような衣装を身にまとい、今回ばかりはしっかりと女に見えるメイクをして。

『ほ～ら、ここに、7日で造れる地球の同寸大キットと、マッチョな男が二人がかりでも剝《は》がせない瞬間接着剤があるわ。今から造り直せば、そうね、10日後くらいには三葉虫《さんようちゅう》が生まれるから。今度は古生代《こせいだい》の大絶滅《ぜつめつ》を回避《かいひ》させて、三葉虫に知性を持たせればいいのよ』

真《ま》っ赤《か》な唇《くちびる》で、珍妙《ちんみょう》なセリフを連発している。

「ブラックコメディか？」

若宮は、うんざりと顔をしかめる。

「玲の脚本だからねー」

凜も苦笑を隠せない。

この調子で、地球を壊して造り直してしまいたいパールヴァティーの不平不満が、延々《えんえん》とナレーション代わりになって流れる中、同時進行で、人間達の様々な争いが繰り広げられる。

それでも、シヴァは、この世界にちょっとは愛着があるらしく、なかなかパールヴァティーの言うように、チャッチャと壊してしまう気にはなれないのだ。

さて、最後にシヴァは、どんな結論を出すか？

——と、大まかにゆーと、そんな感じの内容らしい。

「なるほど。他人の意見に左右されて悩みまくるってあたりが、譲には合わないのかもな」

「でしょう。その上、恐妻家《きょうさいか》ときてるから」

「ああ、あれは絶対玲の趣味だな」

「うん。それに譲って、付き合ってる女にも、ほとんど無関心だからー」

キッパリと言い切った凜の言葉には、妙にリアリティがあった。

「それ…、もしかして、実例があるわけ？」

思わず、興味津々《しんしん》、訊《き》いてしまった。

「うん。山ほどあるよ。譲、モテるもん」

「……やっぱり…」

モテるとは聞いていたが、一番譲の身近にいた凜に明言《めいげん》されると、やはりショックだ。

その上、凜は、さらに驚くことを言ってくる。

「来るもの拒《こば》まず、去るもの追わずだから」

「来るもの拒まず～、あの譲が…？」

それは、いくらなんでも、イメージかけ離れすぎてやしないか？

と、思いはするが、凜は可愛い顔で、けっこうシビアなことを言ってくる。

「そりゃあ、ウチの人間にとっちゃ、どんな経験でも演技の肥《こ》やしだからね。てゆーか、断るのも面倒《めんどう》なんじゃない。返事もしないから、勝手にまとわりついてくる女がいるって感じー」

「それって…、けっこうサイテーだな」

「だから、たいてい上手《うま》くいかないよ。譲の奇行《きこう》って並みじゃないし」

「まあ〜、ルックス目当てで近づくような女には、理解できないな」

「そう。で、いつも女の方が我慢《がまん》できなくて、言っちゃうの。『演劇とあたしと、どっちが大事なの？』って」

「あっちゃ〜☆」

と、若宮は、額《ひたい》に手を当てた。

「最悪……☆」

なんて贅沢《ぜいたく》な悩みだ。

『演劇とあたしと、どっちが大事なの』だってー？

女だから、告白しても聞いてもらえる。

ちゃんと受け止めてもらえて、デートもできて、凜いわく、どんな経験でも演技の肥やしにする譲は、ＳＥＸだって平気でやっているのだろう。

それなのに、演劇より自分を大事にして欲しいだってー？

なんて、傲慢《ごうまん》な望みだ！

「女の決まり文句だな。譲から演劇を取るってことは、息をするなってゆーのと同じじゃないか」

「そうそう、そーなの！　わかってるねー、若宮さん。やっぱ、譲がスランプ解消したの、若宮さんのおかげだよぉ」

と、凜は、感心しきりだが。

あんまり連発されると、かえって面《おも》はゆくなってくる。

（でも、俺は、告白さえさせてもらえなかったんだぜ……）

口の端に、どうにもできない自嘲《じちょう》の笑みが浮かぶ。

男として、何かに打ち込む気持ちは、女よりずっと理解できる。

演劇に嫉妬《しっと》するような、バカなマネもしない。

愛してくれなんて、高望みはしない。

そばにいてくれさえすれば、それでいい。

譲を想《おも》い続けることだけを許《ゆる》してくれれば、他には何もいらなかったのに――……。

それを口にすることさえ許されなかった。

告白そのものを、なかったことにされた。

猫になろうが、犬になろうが、愛していける自信はあっても、それ以前に、愛することを拒否されたのだ。

男だからイヤだったのか、単に趣味じゃなかっただけなのか、理由は定かでないけど。

無邪気《むじゃき》に喜ぶ凜を見ていると、後者だってことを思い知らされる。

自分は譲のタイプじゃない。

ただ、それだけだったのだ。

(やっぱり、辛《つら》い――…)

どうしようもないことなのに。

凜を羨《うらや》ましいと思ってしまう、自分が惨《みじ》めだ。

今のままの自分を認めてもらいたかったのに、でも、その反面、凜のように可愛いタイプだったら、少しは譲に好意を持ってもらえたかもしれないと、無為《むい》なことを考えてしまう。

そんなに簡単に性格が変えられるのなら、もっと根本的な性癖《せいへき》を変えただろうに。

自分は、このままなのだ。

男にしか魅《ひ》かれない。

男にしか欲情しない。

男にしか尽《つ》くせない。

どれほど認めたくなくても、どれほど隠そうとしても、ここにあるもの。

この胸の内に。

この心の中に。

ガンとして根を張っているもの。

決して変えることのできない、自分。

これが、俺。

どうしようもないほど変わることのできない、俺。

生まれて25年、自らの無益な努力を嘲笑《あざわら》うように、変わることのできなかった、俺。

「若宮さんみたいな人が、ずっと譲のそばにいてくれればいいのに」

罪もなくそんなことを言ってくる凛は、たぶん、同性の恋人がいるってことを隠さなきゃいけない立場になんて、なったこともないだろう。

あの変人揃《ぞろ》いの有栖川の家族が、そんな些細《ささい》なことに拘《こだわ》るとは思えない。

見ているだけでわかる。

周囲の理解の中、皆に守られて、幸せに育ったのだろう、と。

だからこそ、家族の中でただ一人、愛人の子というハンデを背負っているのに、凛の笑顔はこんなに素直で明るいのだ。

「俺じゃダメだよ……」

抑えきれなくなった苦《にが》い思いが、ポロリとこぼれ出てくる。

「譲が一番大切にしてるのは、君じゃないか。俺なんか、なんの役に立つ……？」

なんて嫉妬丸出しの、意地悪な物言いだろう。

「俺が…？」

と、不思議そうな凛の両目が、真《ま》っ直《す》ぐに若宮を見つめてくる。

その、あまりに無邪気で悪意のない表情に、自分が恥《は》ずかしくなってくる。

なのに、まだ胸のイライラは治まらない。

もっと、もっと、酷《ひど》い言葉をぶつけてやりたくなってしまう――……！


「お～い、いつまでもサボってんじゃないよー！」

その時、舞台から、凛を呼ぶスタッフの声が聞こえた。

「あー、ゴメン、ゴメン～。じゃあ、若宮さん、失礼します」

ペコリと一つ頭を下げ、足早に戻っていく凛の後ろ姿を見ながら、若宮はホ――ッと安堵《あんど》のため息をついていた。

行ってくれてよかった。

これ以上そばにいたら、何を口走っていたか。

――譲に愛されているのに、どうして他の男なんか選んだんだ？

と、口を挟《はさ》む立場でもないくせに、見当外れもはなはだしい文句を言っていたに違いない。

こんなだから、自分は嫌われるのだ。

そして、こんないじけた人間だからこそ、譲に憧《あこが》れるのだ。

舞台に目をやれば、どんな時にも変わらぬ、譲の姿がある。

一番大事な人を手放したというのに、未練を残すこともなく。

超然と己《おのれ》を突き通し、どこまでも続く孤独《こどく》の道を、恐れず、怯《ひる》まず、真っ直ぐに進んでいける潔《いさぎよ》い男――……！

あの魂《たましい》に焦《こ》がれる。

あの心に魅《ひ》かれる。

石に変身することで、何も聞かぬと拒否されても。

恋する気持ちは消せはしない。

愛することをはやめられない。

「譲――……」

コッソリとその名を呼ぶことだけは、許して欲しい。

想う心だけは、自由なのだから――……。

*

「よくまあ、こーもくだらない手を考え出してくれるよっ！」

若宮は、山積みになった顧客《こきゃく》ファイルを金庫の中にしまい込みながら、吐き捨てた。

立ち稽古を見に行った日から、あっと言う間に2週間。

今日は千秋楽《せんしゅうらく》だ。

なのに、なのにだ、若宮は、ただの一度も舞台を見に行っていない。

いや、正確に言えば、行くヒマがなかったのだ。


——それは、公演初日の朝のこと。

今日は絶対に5時までに仕事を終えようと、張り切って足を踏み入れたオフィスの中は、怒濤《どとう》の戦場と化していた。

『なんとかってウイルスのせいで、コンピューターの半分がおシャカになった。今、新しいのに取り替えてる最中だから、顧客データをすべて入力し直せ』

と、兄の篤志《あつし》は、信じられないようなことを命じてきた。

突然現れた最新機種を前に、社員がマニュアル片手に頭を抱えている中で、篤志は顧客データのファイルをドッサリとデスクの上に置いて、ほくそ笑んだ。

『頑張《がんば》れよ』

と、めいっぱい、いやらしげに。

その瞬間、これは陰謀《いんぼう》だと気がついた。

譲の公演に行かせないために、仕事漬《づ》けにしようという魂胆《こんたん》なのだ。

そのために、オフィスのコンピューターを大幅に入れ換えるなんて、倹約家《けんやくか》の兄らしくもない手まで使って。

顧客、商品、経理のデータから、外部に漏《も》らすことのできないマル秘《ひ》ファイルまで、膨大《ぼうだい》なデータを打ち込むのに、いったい何日かかることか？

絶対、絶対、最終日の舞台だけは見に行くと、ほとんど意地でオフィスに詰《つ》めて、最後の二晩は徹夜して、ようやく今、すべてのデータを打ち込み終えたところだ。

「ザマーミロ、終わらせたぞ。まだ5時半だ。今から行けば間に合う――……！」

ちょうど兄の姿も見えない。

給湯室でワイシャツを着替え、顔を洗い、目の下にクマのある顔を鏡の中に見つけ、色男も台無しだと苦笑する。

疲れきった顔だ。でも、満足げな顔だ。

こんなにしてまでも、譲の舞台を見たいと思っている。

この公演が終われば、もうホントに譲との接点はなくなってしまう。

でも、今日ならまだ、スポンサーとして楽屋に顔を出すこともできる。

花束《はなたば》を贈り、成功を讃《たた》え、譲に話しかけることのできる最後のチャンスなのだ。

だから、なんとしても今日、譲に逢わなければ。

せめて、中途半端なまま拒否されてしまった告白の続きを、聞いてもらわなければ。

どれほど譲にとって迷惑《めいわく》なことでも、このままでは何も終わらせられないし、何も始められないから――……。

「よし、行くぞ！」

両手でパンと頬《ほお》を叩《たた》き、かけ声一発、気を引き締める。

近所のケンちゃんへの初恋を圧《お》し殺した5歳のあの日から、隠れホモ歴20年。

高校時代、唯一付き合った先輩にだって、自分から告白したことはなかった。

その俺が、一世一代の告白をする！

勇んでオフィスを出ようとした時、エレベーターから出てきた兄とバッタリと出くわしてしまった。

取引先らしい、恰幅《かっぷく》のいい中年紳士と連れ立っている。

（マズイ……！）

と、思いはしたが、言われた仕事はすべて終わらせたのだ。

引き留められるいわれはないと開き直って、

「お先に」

と、そばを通りすぎようとすると、兄ではなく社長の顔をした篤志が、若宮を呼び止める。

「ああ、ちょうどよかった、紹介しておこう。今度、新店舗《てんぽ》開設にご協力していただくことになってる、『三友《みつとも》銀行』の佐々木《ささき》常務と、お嬢さんの詩織《しおり》さんだ」

紹介されて初めて、二人の後ろに隠れるように立っていた女性に気がついた。

年の頃は20代半ばくらいだろうか？　まあ、そこそこ美人といえる部類に入るだろう。

「あ…、若宮多紀《たき》です」

ホントは、ご挨拶《あいさつ》してるヒマも惜《お》しいのだが、そこは叩き込まれた商売人根性で、とっさに名刺《めいし》を差し出してしまう。

一方で金融業も営んでいるのに、わざわざ銀行に金を借りるってのも妙な話だが、つまりはどの業種も持ちつ持たれつとゆーことなのだ。

「ああ、君が多紀君か。話はうかがってるよ。私はこれから篤志君と仕事の話があるんだ。しばらく娘の相手を頼めないかな」

突然、佐々木という常務が、そんなことを言い出した。

「……は…？」

「友達と映画を見る約束をしてたんだが、ドタキャンされたらしい。若宮さんのご子息なら信用できる。付き合ってやってくれないか」

「ああ、それがいい。お嬢さんも、いっしょに行く相手がいないと困ってらっしゃったんだ。行ってきなさい。お嬢さんとは同《おな》い歳《どし》だ。話も合うだろう」

などと、篤志までが口を挟んでくる。

「…………………！」

若宮はゴクリと喉《のど》を鳴らし、佐々木常務を、その娘を、そして、ニヤニヤ笑いの兄を見る。

つまり、これは、もしかしてあれか……？

ざーとらしく偶然を装って、取引先のお嬢さんと顔合わせをする。

ハッキリ言えば、見合いってヤツ――……！

(マジかよぉ……☆)

呆《あき》れて声も出ない。

そこまでするかー？

譲に逢うのを邪魔するだけじゃ気がすまず、こんな姑息《こそく》な手段で、ご対面を演出するのか？

女と付き合えないことは知ってるくせに。

それでもまだ、結婚だのなんだのって、本気で考えているのか？

「さあ、行ってきなさい」

だが、取引先の常務を前にして、その申し出を断れるわけはない。

ディスカウントショップ『YOUNG・LIFE』の運営自体に、拘《かか》わりかねないのだ。

それがわかっていても、頷《うなず》くわけにはいかない。

会社を裏切ることになろうと。

兄に迷惑がかかろうと。

「せっかくですが。今夜は先約がありますので」

クビを覚悟で、若宮は断りを口にする。

「なっ…何を失礼なことを言ってる！　これから色々お世話になる常務さんに向かって。どんな約束かしらんが、そっちを断るのが礼儀だろう」

「舞台を見に行くんです。大事な人が出ている舞台を」

「———!?」

「俺の大事な男が出ている———…」

最後まで言う前に、大きな手に胸ぐらをつかまれる。

「いいから、お嬢さんをエスコートして、映画に行くんだ！」

「……俺は……」

「くだらない演劇なんぞどうでもいい。お前は、俺の言うことを聞いてればいいんだ！」

「…………………！」

ずっと、こうやって、家族の言うことを聞いてきた。

命じられるままに従《したが》ってきた。

25のこの歳《とし》まで、ずっと。

でも———…。

「俺は…、俺は、譲に逢いにいくっ！」

渾身《こんしん》の力で兄を突き飛ばすと、呆気《あっけ》に取られる佐々木常務とその娘に、一つペコリと頭を下げ、走り出した。

「多紀っ――!」

背後から怒声《どせい》が響《ひび》いても、もう振り返らない。

これが、甘やかされてきた末っ子の、初めての反抗。

譲を見たいからだけじゃない。

自分自身を変えるために、こうする必要があるのだ。

一気に階段を駆け下りながら腕時計を見ると、開幕時間の6時が間近《まぢか》に迫っている。

ビルの前でタクシーを拾おうと手を上げてみたものの、渋滞《じゅうたい》の車の列がビッシリと道路を埋《う》め尽くし、動く気配もない。

時間が…、もう時間が……。

車より、走った方が速い。

そう思った時には、駆け出していた。

全速力で走れば、30～40分ほどでつくはずだ。

きっと間《ま》に合う。

途中からでも見ることはできる。

だから、走る、走る、走る――…。

髪を乱し、息を荒げ、通行人にぶつかりながら、それでもひたすら足を前へと運ぶ。

1歩でも、2歩でも、少しでも前に！
今でなきゃダメだ。
今夜でなければ、くじけてしまう。
また、きっと、何もかも諦《あきら》めてしまう。
この夜こそ、自らを変える最後のチャンスだから――……。

9　もう一つの脚本

劇場に飛び込んだ時、『神々はかく語りき』の舞台は、前半30分ほどが終わっていた。

客席は、7割方埋《う》まっているというところだろう。

空席の目立つ後部座席に腰を下ろし、若宮《わかみや》は乱れた息を整える。

暗がりの中、四方八方からライトに照らし出される舞台は、まるで別世界のようだ。

中央に譲《ゆずる》が、いつものポーズで座っている。

その周《まわ》りを、メンバー達が、玲《れい》が、聞き覚えのあるセリフを言いながら、生き生きと飛び回っている。

全員見知った顔ぶれのはずなのに、どこか違って見えるから不思議なものだ。

それにしても、こんなに慌《あわ》ただしく、舞台の端から端まで駆けずり回っている連中が、よくも『暇《ひま》つぶし』なんて自称してるもんだ。

微笑《ほほえ》みながら、ゆっくりと背もたれに寄りかかり、若宮は、一夜だけの夢の世界に入り込んでいった――……。

＊

創造《そうぞう》と破壊《はかい》を司《つかさど》る神、シヴァは憂《うれ》えていた。

シヴァの造《つく》り出したこの世界も、40億年の歳月を経《へ》た今、手のつけられないほど荒廃《こうはい》し、修正、もしくは再生が必要な時期にさしかかっていたのだ。

シヴァは、ヒマラヤにあるカイラーサ山の頂上に座り、瞑目《めいもく》している。

何もかもいっさいを破壊し、もう一度、すべてを創造し直すのか。

それとも、今しばし、人間の手に委《ゆだ》ねておくべきか。

どちらとも決められず、吐息《といき》一つ漏《も》らすたびに、下界では数百年が流れていく。

神の永遠の命に比《くら》べれば、人間のそれは、あまりに短く、儚《はかな》い。

なのに、その大半を、人間は無益《むえき》な争いに使っている。

『あんたーっ、また浮気したわね～！　なによーこの口紅の跡わぁー！』

髪を振り乱して、亭主の浮気をせめる女。

『あのクソ部長、俺を左遷《させん》しやがってー。一生恨《うら》んでやる～』

自分の無能さを棚《たな》に上げ、上司の悪口を言い続ける男。

『俳優のＡ・Ｋが、また覚醒剤《かくせいざい》不法所持で逮捕されたってねー。救いようがないねー』

ワイドショーの看板面《づら》して、したり顔で批判を繰り返す自称文化人。

『兵器は我々にとっては商品だ。味方も敵もない。どちらも、いいお客様だ』

某国の内乱勃発《ぼっぱつ》に喜ぶ、死の商人。

週刊誌の三面記事から、世界規模の大事件まで、神であるシヴァとパールヴァティーの耳には、すべてが聞こえてくる。

両手で押さえても、耳栓《せん》で塞《ふさ》いでも、人間達の嘆《なげ》きや、苦しみや、悲鳴が、うるさいほどに響《ひび》いてくる。それが、パールヴァティーには我慢ならない。

『ああ、煩《わずら》わしい。ああ、うるさい。人間って生き物は、どうして一時《いっとき》も静かにしていられないんだろう。殴《なぐ》り合って、怒鳴り合って、殺し合って、今にも自滅《じめつ》するように見えながら、そのくせどんどん増えてくる』

シヴァは、妻の文句の方がよほどうるさいと思うが、口には出さない。

『この悪循環《あくじゅんかん》はもう堪《たま》らない。さっさとぶっ壊して、造り直しちゃいましょう』

気まぐれなパールヴァティーは、シヴァをせっついて、新しい世界を造らせようとする。前にもその願いを聞いて、恐竜という生き物に世界を託《たく》したことがある。なのに、身体《からだ》はデカイし、足音は大きいし、叫び声もうるさいと、パールヴァティーはすぐに飽きてしまった。

結局、隕石《いんせき》を落として絶滅《ぜつめつ》させ、今度は、神の姿に似せて人間を造ってやったのだ。

最初は上手《うま》くいっていた。パールヴァティーも、ご機嫌だった。

でも、結局、1万年ももたなかった。

何度造り直しても、パールヴァティーは納得してくれない。

飽きっぽいのだ。

珍《めずら》しいものが欲しいのだ。

満足することなどないのだ。

ここがダメ、あそこがダメと、欠点をあげつらい、次の創造を要求する。

文句、文句、文句、文句、ひたすら文句タラタラだ〜。

言う方は簡単だが、造る方はそれなりに労力を必要とするし、なによりシヴァは、この世界がそれほど嫌いではなかった。

自分が造ったものだから、できは悪くても、それなりに愛着のようなものも感じていた。

少々不格好《ぶかっこう》に仕上がってしまったプラモデルでも、時間をかけたとなると、なんとなく大事なもののような気がしてしまうのと同じだ。

だから、ちょっと迷っている。でも、神のちょっとだから、すでに人間の世界では2千年ほどすぎている。なのに、まだ決心がつかない。

確かに人間はできが悪いし、ほっておくと他のものを壊していく。

これはマズイ。

これは問題だ。

でも、何故《なぜ》か、この世界は嫌いじゃない。

わけもなく居心地《いごこち》がいいのだ。

壊してもいいけど、このままでもかまわない。

だが、たかが手慰《てなぐさ》みの創造物である人間に拘《こだわ》っているように思われるのもしゃくで、素直に味方をすることができない。

『ねえねえ、壊すのがイヤなら、男か女、どちらかを消してしまえばいいのよ。そうすればもう人間は増えない。男を消してしまいなさい。あれはもともと不出来な生き物』

パールヴァティーは、シヴァが自分を模《も》して造った男を消せと迫ってくる。

これには、さすがに恐妻家《きょうさいか》のシヴァも、少々腹が立ってきた。

たいして執着《しゅうちゃく》があるわけでもないし、どうでもいい世界のはずなのに、そばで悪口ばかり言われると、なんだかどんどん惜《お》しくなってくる。

そこまで言うことはないじゃないかと。

この世界はこの世界で、なんとなく、いいところもある。

だが、静かに瞑目するシヴァの周りでは、現実世界の人間達が、飽きもせずにつまらぬ争いを続けている。

堪らず、パールヴァティーが叫び出す。

『このままじゃ、うるさくて、うるさくて、夜もオチオチ寝られやしない～！』

*

フ——ッと若宮は、少々長めのため息をついた。

長いといっても、そこは人間だから、ほんの数秒で終わってしまう程度だけど。

(これじゃあ、客が集まらないはずだ……)

難解とかゆーより、不快だ。

見ていて、とっても楽しいものじゃない。

人類の救いのなさを、これでもか、これでもかと、つまらない争いで見せていく。

それを罵《ののし》るだけのパールヴァティー。

なんの行動も起こさぬシヴァ。

だが、それでも目が離せないのは、微動《びどう》だにしない譲と、一時も休まず動き回り、しゃべりまくる玲との対比が、あまりに絶妙《ぜつみょう》だからだ。

「それにしても、やっぱり玲の脚本だな、これはー」

創造と破壊の神であるシヴァが、妻のパールヴァティーにまったく反論できないあたり、女尊男卑《じょそんだんぴ》が如実《にょじつ》に表れている。

若宮は時計を見る。

終幕の予定時刻まで、あと5分ほどしか残ってないのに、ちっともクライマックスへと向かう盛り上がりが感じられない。

ホントに、時間内に終わるのだろうかと思いつつ、若宮は舞台に集中した。

＊

『まあ〜、連中ヌケヌケと、宇宙ステーションなんか造ってる。神の領域である宇宙に手をのばすなんて、とんでもなく不遜《ふそん》な輩《やから》。耳障《ざわ》りなどころか、なんて目障りなっ！』

パールヴァティーは、足下の石ころを拾って、宇宙ステーションに向けて投げつけた。

神にとってはただの石ころだが、人間から見れば巨大隕石！

『あら、飛んでっちゃったー』

と、パールヴァティーは呑気《のんき》に言うが、地球直撃のコースを飛んでくる巨大隕石を発見した天文学者はぶったまげた。

『なぁーんてこった、激突まで、あと1時間もない！　これはもう例の隕石映画みたいに、掘《くっ》削《さく》チーム送り込んでるヒマなんてないぞっ！』

だが、終末がすぐ頭上に迫っているのに、人間達は地べたを這《は》いつくばりながら、まだつまらぬ争いを続けている。

『あらあら、見て見て。上手《うま》くいけば世界中が燃え上がる。でなければ海に墜落《ついらく》して、大津波《つなみ》が世界中を洗い流してくれる。こりゃラッキー』

シヴァにとって、隕石を始末《しまつ》するのは簡単だ。ちょっと手を伸ばして、つかめばいいだけ。

だが、このまま争いが続くなら、たとえ隕石の落下を防いでも、いずれ人間達は勝手に絶滅してしまうかもしれない。

そうなると、破壊の神としてのシヴァの面子《メンツ》が立たない。

他の神々に顔向けができない。

なのに、パールヴァティーは、そんな気も知らず、手を叩《たた》きながら嬉《うれ》しそうに叫んでいる。

『玉屋～、鍵屋《かぎや》～♪』

ついに、シヴァの堪忍袋《かんにんぶくろ》の緒が切れた。

カッと、その両目が開き、腹の底から絞《しぼ》り出すような声が、劇場中に響き渡る。

『もう言うなっ！』

怒りとも、哀《かな》しみともつかぬ、その声音《こわね》。

シヴァが見せた、人間に対する刹那《せつな》の情愛、それとも憐《あわ》れみ。

だが、神にとっては、ほんの瞬《また》きの間すらない。

『聞きたくない――……！』

それだけ叫ぶと、シヴァは再びゆっくりと目を閉じる。

舞台の照明が少しずつ落とされていく中、シヴァの周囲で蠢《うごめ》いていた人間達の動きが、その間をせわしなく行き来していたパールヴァティーの動きが、徐々《じょじょ》に鈍《にぶ》くなっていく。

少しずつ、少しずつ――……。

まるでスローモーションの画面でも見るように。

足取りが、仕草《しぐさ》が、話し声が、亀《かめ》のようにノロノロと……。

やがて、すべての動きが止まった瞬間――……、舞台もまた漆黒《しっこく》の闇《やみ》に包まれる。


――終幕――。

＊

幕が下りた後、客席には、ザワザワと奇妙《きみょう》な反応が広がっていった。

中には、立ち上がって拍手している者もいるが、大半は、キツネに摘《つま》まれたような顔をしている。

千秋楽《せんしゅうらく》だというのに、カーテンコールもない。

客席が明るくなり、公演終了を伝えるアナウンスが流れる。

「えー、何、これで終わりかよー？　最後、どーなったわけさ？」

「ぜんぜんわかんにゃい～。てゆーか、金返せーって感じー☆」

若宮の脇《わき》を、出口に向かうカップルが、不満タラタラ通りすぎていく。

なかなか素直な反応だ。

だが、その後ろにいる女二人は、にわか評論家になって論じ合っている。

「シヴァはさー、パールヴァティーの言葉を聞きたくなかったのよ。てことは、世界は続いていくってことなのよ」

「そう？　時間が止まったって感じがしなかった。みんな動かなくなっちゃったじゃない。世界を壊したくもなかったけど、うるさいのもイヤだから、すべての時間を止めたのよ」

いっぱしに意見を交わしているが、たぶん、明確な回答などない。

シヴァが最後にどんな結論を出したのか、世界がどうなったのか、それはお客様の想像にお委《まか》せします。

と、きっとそれが玲の狙《ねら》いだ。

観客は、シヴァの最後の言葉の意味を模索《もさく》することしかできない。

結末はついていない。

カタルシスは何もない。

あのイヤミで、意地悪で、根性曲がりの玲が、誰にも媚《こ》びずに書いた脚本となったら、わざわざ一般向けの答えなど用意してあるわけがない。

悩め、悩め～と、言っている顔さえ見える気がする。

なんとなく不満げな空気を残しながらも、客のほとんどが出口に向かっているのに、若宮はまだ席を立てずにいた。

この舞台のデキがどうであろうが、知ったことじゃない。

観客が燃焼しきれない部分を抱えていようと、たぶん、演劇雑誌には、それらしい解説つきで紹介文が載《の》るのだろう。

脚本演出、有栖川《ありすがわ》玲。

主演、有栖川譲。

鬼才《きさい》、有栖川良桂《りょうけい》を父に持つこの兄妹《きょうだい》の初共演ってだけで、話題には十分すぎるから。

あることないこと、様々な論評が飛び交うのだろう。

でも、どんな批評家も気づかないことに、若宮は気づいてしまった。

この舞台には、もう一つ別の脚本が用意されていたのだ。

他の誰も知らない。

メンバーさえも気づいてない。

でも、若宮だけにはわかる。

だって、最後にシヴァが叫んだ二つのセリフ。

あれは、若宮が譲に告白しようとした時、譲の口から吐き出された言葉そのものだった。

『言うな』と。

『聞きたくない』と。

そして、譲は動きを止めた。

聞くことを、見ることを、動くことを拒否《きょひ》して、影像になった。

あの時の譲は、シヴァと同じ懊悩《おうのう》を抱えていたんじゃないか？

若宮と譲とで作り上げた、マンションの小さな空間こそ、シヴァが造り出した人間界と同じだったのだ。

譲にとっては、それほど特別ってわけじゃないけど、でも、失うのもちょっと惜《お》しい。

壊してしまうのは簡単だけど、このままなんとなく続いてもいいなと思えるもの。

それを、若宮は、告白と言う形で壊そうとした。

気持ちを伝えれば、もう今までのぬるま湯に浸《つ》かっているような、曖昧《あいまい》な関係は終わってしまう。

それがわかっていて、すべてを壊すつもりで若宮は告白した——…！

あの瞬間、譲は、シヴァの気持ちとシンクロしたのだろう。

どうしてこのままではいけないのか、と。

どうして壊さなければならないのか、と。

一番大事じゃなくても、なんとなく居心地がいいだけでも、できれば壊したくないものがあるってことを理解した時、たぶん譲のスランプも消えたのだ。

そして、世界を壊すキーワード、告白の言葉を若宮の口から引き出したのは、誰だった？

『言霊《ことだま》って、知ってます？』

そう囁《ささや》いたのは？

『声に出したとたん、言葉には力が宿《やど》り、それが現実になる』

妖《あや》かしの声で。

『黙っていても何もおこらない。好きなら、告白しないとね』

と、告白など考えてもいなかった若宮を、せき立てたのは……。

「あの女っ――……！」

入り口でもらったパンフレットを、若宮はギュッと両手で握り潰《つぶ》した。

＊

劇場を出たところで、若宮は、何かを確かめるように右手を差し出した。

手のひらに、冷たいものが降りかかる。

いつの間にか、霧雨《きりさめ》が降っていた。

傘を持たぬ人々が、足早に通りを駆けていく。

熱帯夜にこの程度の雨じゃ、『焼け石に水』どころか、湿気《しっけ》が増す分、かえって不快になるだけだ。

だから、今の煮《に》えくりかえるほどの腹立たしさは、みんな雨のせいにしてしまおう。

ゆっくりと歩道に足を踏み出した若宮を、背後から呼び止める声がした。

「若宮さん、どちらへ？」

もう、声だけで、イヤってほど誰だかわかってしまった。

振り返ると、さっきまで完璧《かんぺき》な女役をやっていたとは思えぬ、美少年が立っていた。

グレーのカットソーに、黒のパンツ。闇に溶《と》け込みそうなその風情《ふぜい》は、いかにも魔性《ましょう》にはふさわしい。

どうせこれが最後なんだから、恨《うら》み言の一つくらい言わせてもらおうと口を開く。

「俺を…、利用したんだな？」

「そんなこと、今さらでしょう。私は金蔓《かねづる》はとことん利用する主義です」

「そうじゃないっ！」

抑え切れぬ感情が、声を荒げていく。

もう誤魔化《ごまか》されるものか。

玲の企《たくら》みのすべてが見えてしまったからには――…！

「稽古《けいこ》の時は、部分的にしか見てなかったから気がつかなかった。でも、ようやくわかった。最後にシヴァの言ったセリフ……」

「ああ…、あれ……」

「同じことを…、譲が俺に言った」

「ほう…？」

「俺が告白しようとした時だ。『言うな』と『聞きたくない』と、そう叫んだんだ」

「じゃあ、ついに譲に告白したんですか？」

まるで他人事のような玲の態度に、カッと怒りが燃え上がる。

「そう仕組んだくせに…！　言霊がどーのとか、言わなきゃ何もおきないとか…。あれこれ吹き込んで俺をその気にさせたのは、君じゃないかっ！」

声高《こわだか》な叫びに、通行人が何事かと振り返るが、そんなことはもう目にも入らない。

「最初から、君が仕組んだんだっ！」

ただ、目の前に立つ、この最悪の魔女の姿しか――…！

「俺が、どこから計画に組み込まれていたかは知らないが、君はゲームをしてたんだ！」

激しく感情をぶつけても、玲は顔色一つ変えない。

もう終わってしまったことには、興味もないと言わんばかりに。

「最初は、譲がスランプに陥《おちい》るような脚本を書いて、まんまとそれを成功させた。そして次のゲームに移った。スランプ状態の譲を操《あやつ》って公演を成功させるってことが、君の書いたもう一つの脚本だったんだ！」

「お見事！」

と、薄《うす》ら笑いを浮かべながら、玲はパンパンと手を叩いた。

「……と、言いたいところなんですが、明智《あけち》さん」

「誰が明智さんだ。誰がぁ～？」

「確かに途中までは、計画通りだったんですよ」

「途中まで……？」

「譲が、シヴァ役は手に負えないと認めたところで、私が脚本を書き直して、メデタシメデタシのはずだったんです」

「だから、そんなこと、譲が納得するわけがないって……」

「納得するもなにも、脚本を変えるなんてよくあることなんです。てゆーか、変更する権限は演出家にあるんだから」

「え…？」

「演出家が一番偉《えら》いんです」

玲は、当然のように言い放つ。

「……一番偉いの？」

若宮は、それまでの怒りもどこへやら、思わず訊《き》き返してしまった。

なにしろ、演劇オンチだからー。

スタッフの役割の序列など、わかるわけもない。

「普通ならね。でも、『暇つぶし』は、好きなことをやりたくて集まった連中だった。演出家も役者も、同等の立場で意見を出し合うって方針だったんです」

端正《たんせい》な顔に、玲らしくもない苦笑が浮かぶ。

「私は、今回が初めての参加だったもんで、それを知らなかったんです」

そう言って、悪魔のごとき女は、初めて人間らしく、両手を軽く上げて降参《こうさん》のポーズをしてみせたのだ。

「マジか……？」

玲でも、そんなポカをするなんて。

それとも、いつも傲慢《ごうまん》なまでに自己中でやってきたから、みんなで相談するなんて観念《かんねん》自体がなかったのか？

その方が有り得そうだが。

「このままじゃ、公演自体が危うくなりかねないと、マジで困ってました」

ゆっくりと、玲の手が伸びてくる。

「そこへ、救世主登場ですよ」

若宮の肩を、ポンポンと叩く。

「あなた、稽古場に足を踏み入れたとたん、譲に釘付《くぎづ》けになったでしょう」

「……うっ…☆」

ズバリと言われて、若宮は目を見張った。

そりゃあ、確かに一目惚《ひとめぼ》れに近い状態だったが。

うつむいてパソコンに向かっていたはずの玲が、まさか、そんなところまで観察していたなんて。

「そんなに…、俺って、わかりやすい…?」

「もうー、モロバレ～」

「……モロ…バレ…☆」

さっきまでの勢いが、プシューッと、音を立ててしぼんでいく。

「クールなフリしてるわりには、髪さえ下ろせばけっこう可愛《かわい》い系っぽいし、内心は乙女チックだし、これは利用できそうだなーと思いましたよ」

「……やっぱりな」

怒りの消えた後には、何とも言えぬ、やるせない気持ちが残るだけ。

やはり、そうだったのだ。

そもそもの出逢《であ》いの最初から、玲に操られていたのだ。

「俺は、君の道具だったのか……？」

あの部屋での譲とのつかの間の暮らしも、何もかもが玲の計画だったのだ。

「そんなにガッカリすることもないでしょう。人間は、そんなに計算通りに動いてくれるもんじゃない。あなたが譲に嫌気《いやけ》をさす可能性も、譲があなたを気に入らない可能性も、五分五分以上にあった。譲にいきなり引っ掻《か》かれたって聞いた時には、やっぱり無理かと、けっこうハラハラもんでしたよ」

「余裕たっぷりに見えたぞ」

「そこは、ほら〜、私も演技者ですから」

と、言いつつ、やはり余裕たっぷりに、やたらとサマになるウインクを送ってくる。

「あれは、私にとっても、危険すぎる賭《か》けでした」

「それでも、上手《うま》くやり遂《と》げた」

「私の手柄《てがら》じゃない。あなたのおかげです」

そんなことで褒《ほ》められたって、嬉しくも何ともない。

どうせ、この女は、危険な賭けすら楽しんでやっていたのだ。

次はどんな手で、このおバカな男を動かしてやろうかと、内心では笑っていたのだ。

「……心にもないことを」

「いいえ、ホントですよ。あなたは、譲にとって心地いい場所を用意してやってくれた。おかげで譲は、あなたとの関係を、特別ってほどじゃないけど、できれば壊したくないと思ってしまった。ついにあの朴念仁《ぼくねんじん》が、迷えるシヴァの心理にいたったわけだ」

玲は、そこで言葉を切り、たっぷり意味ありげな間《ま》をおいて、言った。

「そうなれば、あとは簡単だ。私は、あなたと、あなたのお兄さんの背を、ちょっと押せばよかっただけ」

「――――!?」

一瞬、何を言われているのか、意味がわからなかった。

「……兄さん…って？」

玲は頷《うなず》き、平然と言った。

「もちろん、あなたのお兄さんに、あなたが男を引き込んでいると御注進《ごちゅうしん》したのは、私です」

と――…。

他《ほか》に誰がいると。

あの単細胞の篤志《あつし》を動かすのは、いかにも簡単だったと。

そう言いたげに、鮮《あざ》やかに微笑《ほほえ》んでみせたのだ。

「……この…魔女めっ…！」

気がついた時には、飛びかかっていた。

踊らされていたのだ、バカみたいに。

この女の手のひらの中で。

最初から、最後まで。

叶《かな》うわけもない恋の夢を見せられていた。

浮かれまくって、長年の想《おも》いが叶うかもしれないと錯覚《さっかく》し。

あげく、兄と譲の前で、あんなにみっともない姿までさらし。

そうして、やっとの思いで絞《しぼ》り出した告白は、最悪の形で無視されてしまった。

——そのすべてが、ただ公演を成功させるための、計画でしかなかったのだ！

「ふざけやがってぇ…！」

たとえ女だろうと、一発ぐらいひっぱたいてやらなきゃ気がすまないとばかりに、振り下ろした拳《こぶし》は、だが、いとも簡単にヒラリとかわされてしまった。

「あわっ〜☆」

その上、勢いあまって転げそうになったところを、玲に背後から支えられる始末。

「危ないですよ。素人《しろうと》のクセに暴れ回るのは」

からかうような物言いが耳元で響き、まるで抱き合うようなカッコウになっていることに気づいた若宮は、慌《あわ》てて玲の身体《からだ》を突き飛ばした。

「ひどいなぁ、支えてあげたのに〜」

玲は肩をすくめ、ゆったりと両腕を後ろに組んだ。

まるで、若宮程度の男に、わざわざ手を使う必要もないと言わんばかりに。

「なんてイヤな女だ……！」

睨《にら》みつけるが、もう飛びかかる根性《こんじょう》はない。

遠巻きに自分達に注がれている通行人の視線にも、気づいてしまった。

いったん頭が冷めてしまえば、そこには、独《ひと》りでは何の行動もおこせぬ自分がいるだけ。

「もう顔も見たくない――…！」

あまりにお決まりの捨てゼリフしか言えぬ、情けない自分。

だが、もういい。

これ以上恥をかくのも、不快な思いをするのも、たくさんだ。

「二度と俺の前に現れるなよ……」

と、きびすを返した若宮を、まだ執拗《しつよう》に玲の声が追ってくる。

「譲に逢《あ》っていかなくて、いいんですか？　これから打ち上げなんです。あなたには参加する権利がある」

相変わらず、魅惑《みわく》的な誘い方をする。

若宮が何を欲しがっているか、すべて心得ている。

（ホントに魔女だな――…）

でも、愛する男の面影《おもかげ》を宿した、美しい魔女だ。

足を止め、肩越しに振り返る。

「逢ってどうなる？　何を言うんだ？」

「せめて、『ご苦労様』とか、『いい舞台だったね』とか」

「……マジかよ…」

「それとも、『これからも付き合ってください』とか、一気に言っちゃいますか？」

「……言っちゃうつもりだったんだ」

「それは、それは。思い立ったが吉日《きちじつ》といいますよ」

でも、若宮は、ゆっくりと首を横に振る。

「今さら言ってどうなる？　俺は、そーゆータイプじゃなかったんだ。ずっと、見てるだけの意気地《いくじ》なしだった」

「でも、一度は告白したんでしょう？」

「それは…、俺の言葉じゃない」

そうだ、今まで一度だって、告白なんか考えなかった。

芽生《めば》えた恋心を、育てることさえしなかった。

ひたすら隠すことしか考えていなかった。

「君に踊らされたんだ。俺が告白したい気になるように、君が仕向けたんだ。俺の…意志じゃない……！」

「仕向けたのは私でも、実行したのはあなただ」

「…………どうだか……」

呟《つぶや》いて、今度こそ玲に背を向ける。

あの時の衝動《しょうどう》は、自分の内側から湧《わ》き上がったものだったのか？

それとも、玲の企《たくら》みにノセられて、その気になっただけなのか？

どちらともつかないのに、すでに一度拒否されている気持ちを再び告げる勇気など、もうない。

わかっていることは、ただ、これからも譲を忘れられないということだけだ。

譲を愛している。

愛してる。

愛してる。

どうしようもないほど、愛してる——……！

その想いだけを頼りに、譲の追っかけでもしていくさ。

一生舞台に立ち続けるはずの男だから、見ていることだけはできる。

きっと、どれも難解で、若宮には理解できない芝居《しばい》ばかりだろうけど。

それでも、そこに譲がいれば、それはどんな夢より甘美《かんび》な時間になるはずだから——……。

「俺は知ってるよ。最後にシヴァが世界をどうしたか……」

ふと、思い出して、若宮は呟いた。

「私は、答えを明示《めいじ》してません」

「でも、俺は知ってる。シヴァは何も聞かなかったんだ。すべてを拒否することで、何もなかったことにしたんだ。だから、そもそも世界は生まれてないんだ」

「シヴァの『何も聞きたくない』ってセリフは、気持ちの表れでしかない。現実に聞かなかったわけじゃない」

「聞かなかったんだよ、譲は。俺の告白を聞かないために、石になったんだ」

「石に？」

「俺が告白したとたん、見事に俺の目の前で、物言わぬ彫刻になっちまったんだ」

「それは、それは……」

「聞いてもらえないなら、告白なんてしなきゃよかったんだ…。そうすれば、もう少し、あと何日か、譲といられたのに——…！」

「後悔は、意味がありません」

背後から、あまりに冷静な意見が聞こえてくる。

ホントに、なんてイヤな女なんだろう。

世界中の女が消えてしまえばいいとは願わないから、この女だけは、マジでどうにかして欲しい。

そう思いながら、でも、何もおこらないこともわかっている。

若宮に、他人の運命を変える力などない。

自分の運命すら変えられないのに……。

「石に心はないと？　彫刻には何も聞こえないと？」

遠くで、玲の声が聞こえる。

だが、若宮は何も答えない。

意味深《いみしん》な言葉など、もう聞きたくない。

玲の発する大量の言葉の大半は、戯《たわむ》れでしかない。

まさにパールヴァティーのごとく、世界を玩具にして、気まぐれに遊んでいるだけ。

「忘れ物ですよ～」

まだ、ふざけたことを言っている。

「うるさいっ！」

と、それだけ怒鳴ると、若宮は、もう振り返りもせず、小雨の中を大股《おおまた》で歩き出した。

10　誓いのキス

「あ〜、ちくしょう☆　鍵《かぎ》のヤツまで、俺に逆《さか》らいやがってー！」

深夜0時を回る頃、したたか酔っぱらって帰ってきた若宮《わかみや》は、マンションのエントランスでポケットというポケットを探ったあげく、ヤケっぱちの叫びを上げた。

オフィスを出る時、確かにズボンのポケットに突っ込んだはずのキーホルダーがない。

「くそう…、どこで落としたんだ〜？」

今夜は劇場までの道のりを、無我夢中《むがむちゅう》で走ったし。

帰りは、雨宿《あまやど》りに飛び込んだ居酒屋で、ほとんどヤケになってカラオケで騒ぎまくったりしたから、どこで落としたのか見当もつかない。

あのキーホルダーには、オフィスの鍵までついていたのに。

まったく、ついてない日ってのは、こんなもんだ。

「マジ…、クビの覚悟《かくご》しなきゃな……」

すべてを捨てるつもりで兄に逆らったのに、結局、告白どころか、打ち上げに顔を出すこともできず、大事なオフィスの鍵までなくしてしまった。

これはもう、大目玉どころじゃすまない。

ここまでついてないと、いっそ笑いたくなってくる。

唯一《ゆいいつ》救いがあるとすれば、このマンションには管理人が常駐《じょうちゅう》しているから、エントランスから呼び出すことができるってことだ。

寝ぼけ顔で姿を現した顔見知りの管理人は、それでも部屋までついてきて、鍵を開けようとしてくれたのだが、すぐに手を止め、怪訝《けげん》な声で言った。

「ちょっと、これー、鍵、開いてるよ」

瞬間、若宮の脳裏《のうり》に最悪の事態がよぎった。

つまり、ここ数日の忙しさにまぎれて、鍵をかけ忘れたんじゃないかと。だとしたら、ここ二晩はオフィスに泊まり込んでいるから、その間中鍵は開けっ放しだったってことで…。

もしや泥棒《どろぼう》にでも入られていたらと、不安たっぷりで玄関に足を踏み入れたが、べつに不審《ふしん》な感じはない。

いや、一つだけ、出た時にはなかった物があった。

「中、いっしょに確かめましょうか？」

背後から声をかけてくる管理人を丁重《ていちょう》に断ると、内鍵をしっかりとかけて、部屋の中へと足を進める。

「まさか…、そんなはず……」

さっき玄関で見た物が、信じられない。

でも、あれは、妄想《もうそう》でも、酔ったあげくの幻覚《げんかく》でもない。

この目で見て、足で突っついて、手で揃《そろ》えてみたけど、ちゃんと感触があった。

だとしたら、あれが…、あのスニーカーがあるってことは——…!?

どれほど抑えようとしても、胸は、ドクドクと不安と期待で高鳴っていく。

小刻《こきざ》みに震える手で、寝室のドアを開ける。

もちろん灯《あか》りはついていなかった。

それでも、中の状況を知るには、開け放たれたカーテンの向こうから差し込むネオンライトの薄明かりで、十分だ。

——信じられない——…!

若宮は我が目を疑い、自問する。

どうして…?

どうしてここに、譲《ゆずる》が…!?

タオルケットにくるまって、相変わらず肩も足も剝《む》き出しのまま、まるでここ何週間かの不在などなかったかのように、譲は眠っていた。

そう、違う部分があるとしたら。

いつも図々《ずうずう》しいほどド真ん中を占領《せんりよう》している譲が、今夜は少しだけ端に寄っていることだろうか。

ダブルベッドの上に、広すぎも狭《せま》すぎもしない、ちょうど一人分のスペースが空《あ》いている。

そして、譲は、空いている側に顔を向けて眠っていた。

まるで、入ってくる誰かを待っているように。

「……………どーして……？」

フラフラと引かれるようにベッドに歩み寄り、譲の顔を覗《のぞ》き見る。

それが狸《たぬき》寝入りなのか、爆睡《ばくすい》状態なのか、若宮にはわからない。

でも、どっちでもいい。問題は、ここに譲がいるという事実なのだ。

「……どうして…いるんだよぉ…？」

答えがないとわかっていても、訊《き》かずにいられない。

あれほど強固《きようこ》に、自分の告白を撥《は》ね除《の》けた男が。

二度と、この部屋には戻ってこないと思っていた男が。

どうして、ここにいるんだ――!?

「なんでだよ…、譲…、俺なんか、もう見たくもないんだろう――…？」

何も聞きたくない。

何も見たくない。

だから、あの時、譲は石になった。

そうじゃなかったのか？

――だが、譲はここにいる。

ちゃんと若宮が入るスペースを空けて。

たぶん、いつものように裸のまま、無防備な姿で眠っている。

その証拠に、床の上には、ジーパンとTシャツが脱ぎ捨てられている。無意識にそれを拾い上げた時、何かがコトンと床の上に落ちた。

なんと、なくしたと思っていたキーホルダーだった。

中を確認してみるが、この部屋の鍵も含めて欠けているものはない。

では、譲は、このキーで玄関を開けて入ってきたのか？

しかし、どうやってこれを手に入れたんだ？

「譲、おい、これ、どうしたんだ？　この鍵っ！」

思わず声を上げると、譲が微《かす》かに身動《みじろ》いだ。

「……………ん……………」

「なんでこのキーホルダーを持ってるんだっ？」

「………玲《れい》……が……」

まだ半ボケ状態の声で、譲がゴニョゴニョと答えてくる。

「え…？」

「……玲が…くれた…」

「玲がぁ…？」

と、若宮は、頓狂《とんきょう》な声で繰り返した。

いったい、いつ、どこで、どんな魔法を使って、玲は若宮のポケットに入っていたはずのキーホルダーを手に入れたのだ？

ふと、玲が最後に言ったふざけたセリフが、頭に閃《ひらめ》いた。

『忘れ物ですよ～』

って、あれは、このキーホルダーのことじゃないのか？

さらに、一度だけ、玲がこれを手に入れるチャンスがあったことに、思い当たる。

若宮が、玲に飛びかかったあの時だ！

転《こ》けそうになって抱き留められた直後、玲は、妙《みょう》にわざとらしく両手を背中に隠していた。

余裕を見せつけているのかと思ったが、もしかしたら、その手の中に見られてはマズイものを隠し持っていたんじゃ――……。

たぶん、若宮のポケットから盗み取った、このキーホルダーを！

「あんの女…、スリやがったなぁ～☆」

どーにもならない虚脱感《きょだつかん》に襲《おそ》われて、ガックリとその場に膝《ひざ》をつく。

とんでもない女《め》ギツネだ。

まだ何かを企《たくら》んでいるのか？

だが、取引先の常務の娘より譲を取るなんて形で兄を裏切った以上、若宮自身もただですむはずはない。

仕事さえなくすかもしれない。

この部屋だって、追い出されるかもしれない。

それでもまだ、ミイラのようなカスになり果てるまで、搾《しぼ》り取るつもりなのか？

「譲…、玲に言ってやれ。俺は、兄貴を徹底的に怒らせた。もう利用価値はないって…」

半《なか》ばヤケで呟《つぶや》いた若宮の髪に、ふと、何かが触れた。

のろのろと顔を上げると、譲はしっかりと両目を開けて、若宮を見つめていた。

トクン――…！

バカ正直な心臓が、ときめきの鼓動《こどう》を鳴らし始める。

大きな手にグシャグシャと頭を撫《な》でられるだけで、泣きたいほど嬉《うれ》しくなってくる。

(なんかもー、どうでもいいやぁ…)

何をなくしても。

家族に軽蔑《けいべつ》されても。

いっしょに暮らした3週間、譲は幸せをくれた。

愛する男のそばで眠り、ともに食卓を囲《かこ》み、会話などなくても同じ部屋で呼吸することが、どれほどの喜びか——……。

ずっと諦《あきら》めていた、諦めるしかなかった若宮に、満たされるという気持ちを教えてくれたのは譲だ。

この想いだけは、誰にも奪えない。

この胸に、確かにあるもの。

「…譲…、好きだ……」

もう二度としないつもりだった告白は、あまりに自然に口をついて出てきた。

「お前にとっては、迷惑《めいわく》なだけだってこともわかってる。前の時は、完璧《かんぺき》にないことにされちゃったし…。でも、これが最初で最後と思って…聞いてくれ……」

ここに譲がいるのは、奇跡でもなんでもない。

有栖川《ありすがわ》玲という、悪魔めいてはいるし、何を企んでいるのかわからないところはあるが、それでもちゃんとした人間が、頭と手を使って仕組んだ結果なのだ。

待っているだけじゃ何もおきない。

言葉にして、行動して、それでこそ運命は変わるのだ。

その結果が、よかろうが、悪かろうが、もうどうでもいい。

どうせ、これ以上悪いことなんかない。

だから告げる、今こそ、想《おも》いのかぎりを込めて――…。

「お前を愛してる、譲――…！」


言いたかった言葉。

ずっと、ずっと、気が遠くなるほど長い間、誰かに告げたかったそれを、一番愛する男に伝えることができる。

もう、それだけで十分だ。

たとえ、嫌われようが、呆《あき》れられようが。

二度と逢《あ》えなくなろうが、そんなことはもうどーでもいい。

そう覚悟して言い切った若宮の髪を、何を考えているのか、譲は延々《えんえん》撫で回している。

「……二度も叫ぶ…？」

寝ぼけ半分の声が、ポツリと言う。

「え…？」

何のことかと、顔を近づける。

「ちゃんと耳、ついてるし……」

今にも閉じていきそうな瞼《まぶた》の下から、でも、譲の瞳《ひとみ》は、しっかりと若宮を見つめている。

「……犬猫じゃ…ないんだから…」

「…あの…？」

頭を撫でる手がズルリと滑《すべ》り落ち、声もどんどん小さくなっていく。

「あの時…は…、考える余裕が…なかった……」

それでも、しっかりと意味のわかる文章を。

「考える余裕がなかった…って…？」

オウム返しに呟いたとたん、まるでバラバラだったパズルのピースが一つにまとまったように、頭の中に譲の言葉の意味が見えてきた。

そして、今度こそハッキリと、頭の片隅《かたすみ》に眠っていた疑問の答えが、閃いた。

『公演前の譲は、ただでさえ他人のことかまってる余裕なんてないのに。今回は、スランプだったこともあって、もういっぱいいっぱいだから』

立ち稽古《げいこ》の日、何気に凛《りん》が言った通り、譲は自分のことでいっぱいいっぱいだった。

公演を目前にし、スランプに陥《おち》り、食事にさえ気が回らないくらい、頭の中は演技のことで占《し》められていた。

他人の想いなど、受け入れられる状態じゃなかった。

なのに、若宮は、自《みずか》らの感情のままに告白してしまった。

兄のおかげで同性愛者だとバレてしまった以上、隠していてもしょうがないと。

想いさえ告げられればいいと。

何も返してもらえなくてもいいと。

（なんて、バカだったんだ——…！）

今さらながら、呆《あき》れてしまう。

自分は男だから、夢に懸《か》ける譲の気持ちをわかっていると思っていた。

譲のルックスだけに魅《ひ》かれて、まとわりついていた女達とは違うと。

でも、結局、やったことは同じなのだ。

『演劇とあたしと、どっちが大事なの？』と無体《むたい》に迫る女と、同じこと。

どちらも、譲の気持ちなどおかまいなしの、自分が苦しみから逃《のが》れたいがための行為だ。

若宮にとって、どれほど必死な想いであろうと、譲にしてみれば、あの時に聞かされてもどうにもならないことだったのだ。

答えようもない。

だから、物言わぬ彫刻になった。

聞かないフリをしたのではない。考えられる時がくるまで待つために。

公演が終わる、この日まで——…！

「譲…、俺、言ってもよかったのか……？」

どうでもいい相手なら、凜いわく、来るもの拒《こば》まずの譲は、勝手にすればという態度をとったはずだ。

若宮が同性だとか、少々自分のタイプじゃないなんてことは、なんでも経験の演劇一家に育った譲にとって、拘《こだわ》る必要もないほど些末《さまつ》なことのはずだし。

そのあげく、過去の女達のように、いつか勝手に怒り出して、去っていこうとかまいはしないと思うなら、何も言わずにそれまでの生活を続けていればよかったのだ。

それが一番、譲にとって楽な方法だったはず――……。

でも、譲は、そんないいかげんな態度はとらなかった。

代わりに、その場では答えることのできない物体に変身した。

それは、つまり、真剣に考えなければいけない相手だと、認識してくれたってことじゃないか？

「もしかして、ちょっとは俺のこと、考えてくれてる……？」

訊《き》いても、答えはない。

譲の唇《くちびる》は微《かす》かに動いているが、もう声にはならない。

「いいよ、眠いんだもんな」

公演に全精力を出し切った譲は、ホントなら、口を利《き》くのもおっくうなはず。

なのに、ちゃんとした文章を返してくれた。

もう、それだけでいい。

「お休み」

と、声をかけ、ちょっと惜《お》しいとは思いつつ、今夜は譲一人で眠らせてやろうと、部屋を出ようとした時、譲の指先が動いているのが見えた。

チョイチョイと、人さし指が、こっちに来いと招いているようだ。

「何…？」

と、若宮は譲の口に、耳を近づけた。

その時、譲の両腕がゆっくりと伸びてきて、若宮の身体《からだ》に絡《から》みついた。そのままベッドの中へと引き込もうとする。

疲れのせいか、いつもの素早さはない。

すり抜けることなど簡単なほど緩慢《かんまん》な動作だが、もとより逃げる気持ちなどさらさらないから、ただ、されるがままになっていた。

「抱き枕…欲しいのか…？」

と、この期《ご》におよんでトンチンカンな質問をする若宮の唇に、譲の舌先《したさき》が、思いもかけぬ優しい仕草《しぐさ》で触れてきた。

（え…？　また、犬っ…!?）

でも、犬の前足では人間の髪をつかんで動きを封じさせることはできないし、それ以前に、唇を重ねることなど無理じゃないか？

噛《か》み合うような角度で深くなっていくのに、これが犬なら、こっちはすでに血だらけだぞ。なんて、視点が合わないほど間近《まぢか》にある譲の顔を見ながら、バカみたいにそんなことを考えている。

その間も、力強く弾力《だんりょく》のある舌が明解な意志を持って、若宮の唇を押し開き、歯列をなぞりながら、奥へ、奥へと入り込んでくる。

（もっ…もしかして、これって…、キスだったりして……!?）

と、気づいた時には、すでにピシャピシャと濡《ぬ》れた音が、重なり合った唇の間から漏《も》れていた。

いったんそれがキスだとわかると、もう目など開けてられない。

五感のすべてが譲に向かって解放され、味や、匂《にお》いや、感触や…、あらゆるものが唇を通して、いっぺんに若宮の中を満たしていくのに、その上、一目惚《ひとめぼ》れしたほど好みの顔など見続けていたら、それこそ羞恥《しゅうち》のあまり悶死《もんし》してしまう。

バクバクと心臓が跳《は》ね上がり、全身が熱病にでもかかったかのように火照《ほて》ってくる。

（なっ…何これ？　何これ？　何これぇぇぇ――…!?）

パニクってる若宮の耳に、ギシリと鈍《にぶ》いベッドの軋《きし》みが聞こえた。

譲の身体《からだ》が、若宮をベッドに押さえ込むようにして、覆《おお》い被《かぶ》さってきたのだ。

「……ん…ふっ……！」

ほとんど身動きできない状態なのに、口づけはさらに深さを増していく。

熱い譲の蜜《みつ》が、絡まり合った舌を通して若宮の喉元《のどもと》に、そして、戸惑《とまど》いと興奮《こうふん》に震えている胸の中にまでも流れ込んでくる。

唇の端から、呑《の》みきれなかった分が溢《あふ》れていくのが、悔《くや》しくなる。

心地《ここち》よさに、頭の芯《しん》まで痺《しび》れて、意識がフウッと遠ざかりそうになるたびに、チュッと濡れた音が、生々《なまなま》しい現実の世界へと若宮を呼び戻す。

まだダメだと。もっとちゃんと味わえと。

痛いほどに押しつけられる唇は、どうしてこんなに甘いんだろう？

これに比《くら》べたら、自分が今までしてきたものなど、ただ唇がぶつかった程度のものだ。

これが、本当のキス。

焦《こ》がれて、焦がれて、焦がれ続けた男のキスだ。

甘く、
切なく、
悩ましく、
若宮を官能《かんのう》の彼方《かなた》へと連れ去ってくれるもの。

口は、食べ物を味わったり、言葉を発するだけでなく、性感帯《せいかんたい》でもあるのだと、初めて気づいた。

背中に手を回すと、あんなにも張りのあった筋肉が、ゲッソリと落ちているのがわかる。

2週間、微動《びどう》だにせず瞑目《めいもく》し続けるだけの演技が、どれほど体力を奪うものか、精神力を必要とするものか、その身体《からだ》がハッキリと物語っている。

なのに、何故《なぜ》、疲れきっている今、こんなにも熱いキスを与えてくれるのか？

譲にとっては、感謝の証《あかし》にすぎないのかもしれない。

それでもかまわない。

若宮の告白に耳を傾け、その答えとして与えられたものなら、たとえ『ありがとう』の言葉の代わりであろうとかまわない。

今、この瞬間、譲は若宮のことだけを考えてくれているから。

声にはならない譲の想いが、細胞一つ一つにまで染《し》みこんでくるから。

もしかしたら、たった一度かもしれないこのチャンスを、たとえ鼓動が乱れようと、息が詰まろうと、最後の一瞬まで味わうだけ――……。

なのに……、ああ…息が…、もう息ができない――……。

そう思ったとたん、突然唇が解放され、譲の身体がゴロンと若宮の上から転がり落ちた。

「も―…、眠い……」

瞼《まぶた》は閉じかけている。

「今は…、これだけ――…」

それを最後に、譲はス――ッと眠りの中に入ってしまった。

「……譲……？」

問いかけても、すでに深い眠りの中に落ち込んでしまった男に、答える声はない。

その唇を揺らすのは、まるで気管に何かを詰まらせてでもいるかのような、不規則で苦しげな寝息だ。

こんな譲を、若宮は知らない。

これほど疲れ、やつれ果てた譲を、今まで見たこともない。

なのに、普段でさえろくに口を利かない男が、最後に残った力を振り絞って、キスと大切な言葉をくれた。

『今は、これだけ』って？

じゃあ、後には、これ以上のことがあるのだろうか？

「バカだな…。こんなになってるのに、俺のことなんか……」

込み上げてくる熱い想いに、笑みは崩《くず》れて歪《ゆが》んでいく。

もっと見ていたいのに、すぐ間近にある顔が、徐々《じょじょ》にぼやけていく。

瞳を覆う涙で、闇《やみ》に溶け込んで見えなくなる。

なんてザマだ。25歳にもなった大の男が、たかがキス一つで、拭《ぬぐ》っても拭っても拭いきれないほどの涙に暮れるなんて。

そう、たかがキス一つ。言葉一つ。

でも、他人に興味を持たない譲が、初めて見せてくれた、聞かせてくれた、想いだ。

耳に心地いい玲のおべっかは、たとえ百万回囁《ささや》かれても、うさん臭《くさ》いだけだが、たった一つの譲のぶっきらぼうな言葉は、いみじくも玲が言ったように、真実だけを告げる言霊《ことだま》だから。

できないことは言わない。

ウソはつかない。

理由を問えば、できなかった時に言い訳するのがめんどくさいから、とその程度のことかもしれないけど……。

譲の言葉には、確かに、それを実現させるだけの力がある。

『今は、これだけ』なら、きっと、これ以上のものがあるはず。

それは、いつ、わかるだろうか？

なにしろ譲には、一晩寝ると変身してしまう傾向があるから、明日の朝には、また大きくて利口な犬になっているかもしれない。

それでもいい。

大役をこなし終えた男が、すでに関係の切れたはずのこの部屋に、寝場所を求めて戻ってきたのだから。

ここにいる。

ここにある。

この温《ぬく》もりは、決してウソじゃない——!


——そして、若宮は知る。

シヴァはついに手を伸ばし、軽々と石ころを受け止めたのだと。一番でも、特別でもなく、なんとなく居心地がいいだけの、そんな世界への愛着がどうしても捨てきれなくて……。

明日を夢見てもいいだろうか?

期待を持ってもいいだろうか?

まだなんの約束もない未来に、小さな小さな希望を描き、若宮は眠る譲の胸元にそっと秘密のキスを落とした——……。

あとがき

こんにちは、あさぎりです。前作『紳士は甘く略奪する』から、あまり間をおかずお目にかかることになりました。

ちょっと他社さんのストーリーが行き詰まってしまいまして、すでに『紳士』を書いた時点で、頭の中では形になっていたこちらを先に書かせていただいたってわけです。

とはいえ、細かいエピソードってのは、書き進めていく間にどんどん膨《ふく》らんでくるものでして、今回も最初は「イラストも含めて総ページが250くらいです」などと、編集さんに言っておきながら、結局は300ページ近くになってしまいました。

う〜ん、今回は濡《ぬ》れ場もないし、さほど大仰《おおぎょう》な設定もないし、ただ公演を目指して、主人公の若宮多紀《わかみやたき》と有栖川譲《ありすがわゆずる》が奇妙な共同生活してるだけなのに、何故にこんなにページを食うんでしょう？

って、なんとなく理由はわかっているんだけどねー。

もしかしたら主人公よりセリフが多いんじゃないかと思えるほど、おしゃべりな玲《れい》と、対照的に、たった一行ですむセリフを3ページもかけてポツポツとしゃべる単語男の譲が、二人してページを増やしていくんですー。

やたらしゃべりまくる知性派の論客と、反対に、思い出したようにしか口を開かない寡黙《かもく》な行動派ってのは、どっちもわりと好きなタイプだし、何も考えなくても勝手に動いてくれるもんで、そーゆー意味ではとっても書きやすかったんだけど。

玲はあまりにセリフが多くなりすぎて、大幅に削《けず》らなきゃならなかったし、譲は70ページ目くらいまでは鳴き声やモノマネ以外の自分の声を発してくれないから、状況描写に時間がかかるし、べつの意味ではとっても大変でした。

それにしても、極端な兄と妹になってしまいました。

で、今回、その兄妹に振り回される哀《あわ》れな主人公、若宮多紀は、25歳にもなって、とっても純情で、クールとか自分では思ってるくせに、やっぱりどこか抜けていて、ケチな金貸し一家の末っ子ってところも、なんか、あさぎりのツボにハマってます。

主要人物三人ともが、それぞれに気に入りのタイプってゆーか、書きやすいタイプってゆーのは、けっこう珍《めずら》しいのではないかと思います。他には芳《かおる》と久住《くずみ》くらいかなぁ。

だから、よけいに長くなっちゃったんでしょうね。

で、この25歳の純情男の話は、まだ続きます。Hシーンがないからつまらんとか言わないでお付き合いくださると嬉《うれ》しいです。
それから、演目に出てきたシヴァ神は、以前にも雪之丞《ゆきのじょう》事件簿シリーズ『シヴァの刻印』で使ったヒンドゥー教の創造と破壊の神様です。またかよ～って感じなんだけど、少女マンガの方でキャラクターの名前にしたこともあるくらい、昔からやたらと好きなのです。またいつか使っちゃうかも……。

さて、前回のあとがきで、『紳士』で削った部分をサイトに載《の》せようと思ってると書いたんだけど、それはもうアップしました。芳と晶《あきら》と久住のなんともおバカな会話ですが、よかったら覗《のぞ》いてみてください。
アドレス　http://asagiriyu.to/　です。

では、次回も、たぶんこの話の続きでお目にかかりましょう。
譲は今度は何に変身するのでしょう？　まだ何も考えてないけど、きっとまた好き勝手に動いてくれることでしょう。

２００２年５月３日、世間はゴールデンウィークなのよねぇ。　　あさぎり夕

あさぎり・ゆう

7月21日、東京生まれ。蟹座。O型。1976年漫画家デビュー。『なな色マジック』で第11回講談社漫画賞受賞。ここ数年、従来の正統派少女漫画だけでなく少年漫画や小説にも進出。代表作には、『あいつがHERO!』『あこがれ冒険者《アドベンチャー》』『アイ・Boy』『お姉さんの事情』(講談社)。『泉君シリーズ』『瑞穂と剛の用心棒シリーズ』(小学館)など。コバルト文庫に、『雪之丞事件簿』『御園高校シリーズ』『猫かぶりの君』『子猫シリーズ』『誘惑のカサノバ』『紳士は夜に求愛する』『紳士は甘く略奪する』がある。遺跡と宇宙が好きで、マヤの遺跡に立って星空を眺めるのが夢だが、飛行機嫌いのために未だ果たせず、のんびりと国内の寺院巡りをしている。

無口な夢追い人《ドリーマー》

COBALT-SERIES

2002年7月10日　第1刷発行

★定価はカバーに表示してあります

著者　あさぎり夕
発行者　谷山尚義
発行所　株式会社　集英社
〒101-8050
東京都千代田区一ツ橋2−5−10
電話　東京　(3230) 6268 (編集)
(3230) 6393 (販売)
(3230) 6080 (制作)

印刷所　大日本印刷株式会社

ISBN4-08-600129-2 C0193